50
क्राइम स्टोरीज

50
क्राइम स्टोरीज

हर्षा शर्मा

युवा हिंदी
Zip Zap Books

प्रकाशक : **युवा हिंदी**
भवन संख्या 2/42 (दूसरी मंजिल), अंसारी रोड, दरियागंज, नई दिल्ली–110002
 / संस्करण : 2025 / मूल्य : तीन सौ रुपए
मुद्रक : आर–टेक ऑफसेट प्रिंटर्स, दिल्ली ISBN 978-93-94871-90-8

50 CRIME STORIES *by* Ms. Harsha Sharma ₹ 300.00
Published by **YUVA HINDI**
An imprint of **Namaskar Books**
Building No. 2/42 (Second Floor), Ansari Road, Daryaganj, New Delhi-2

अपनी बात

अपराध किसी को गंभीर रूप से घायल करने, उसकी हत्या करने, ठगी, चोरी, लूट इत्यादि का जान-बूझकर किया गया कार्य है। इस प्रकार की काररवाई करनेवाले व्यक्ति को अपराधी के रूप में जाना जाता है। कानून की दृष्टि से अपराध कानून द्वारा परिभाषित आचरण, काररवाई या चूक है, जो गैर-कानूनी और दंडनीय है। आज के दौर में होनेवाले साइबर क्राइम को भी अनदेखा नहीं किया जा सकता है। साइबर अपराध में हैकिंग, गोपनीय जानकारी की चोरी, ऑनलाइन क्रेडिट कार्ड घोटाले सहित कंप्यूटर धोखाधड़ी जैसे अपराध शामिल हैं।

अपराध और हत्या के बीच एक और अंतर किया जा सकता है। एक हत्या, दुनिया के सभी कानूनों के लिए एक अपराध है। इसके विपरीत, कुछ मामलों में किसी व्यक्ति को मारने का कार्य केवल एक मानव वध (और इसलिए एक अपराध) है। वह, जो युद्ध के बीच में, आत्मरक्षा में या पेशे का प्रयोग करते हुए मारता है, अपराध नहीं करता है।

अपराध साहित्य में अपराध काफी महत्त्वपूर्ण स्थान रखते हैं; इतना अधिक कि इस शैली से संबंधित अधिकांश कथाओं में आमतौर पर एक या एक से अधिक मौतें होती हैं और बाकी की कहानी हत्यारे की खोज के इर्द-गिर्द घूमती है।

संगठित अपराध या असंगठित अपराध एक ठोस रूप से संरचित समूह द्वारा की जानेवाली गतिविधि के रूप में जाना जाता है, जिसका उद्देश्य बदले

में आर्थिक या भौतिक लाभ प्राप्त करने के लिए गंभीर अपराध करना है। प्रत्येक देश में ऐसे विभिन्न समूह होते हैं, जो इस प्रकार की काररवाई करते हैं, जिससे सुरक्षा को खतरा होता है। उल्लेखनीय है कि इन लोगों द्वारा किए गए कार्य मौजूदा कानून के खिलाफ होते हैं, इसके बावजूद वे अपने काम को इतने 'सावधान' तरीके से करते हैं कि कई बार न्याय उन्हें दोषी नहीं ठहरा पाता। यह भी उल्लेखनीय है कि कई मामलों में उन्हें पकड़ना बहुत मुश्किल होता है, क्योंकि ये समूह किसी प्रतिष्ठित सामाजिक, राजनीतिक संस्थानों, लोगों या समूहों द्वारा संरक्षित होते हैं। ये समूह सभी प्रकार के अपराध करने के अलावा अकसर नशीली दवाओं, मानव की तस्करी करते हैं और अपहरण एवं हत्या जैसे सभी प्रकार के अपराध करते हैं। वर्षों से सभी देश इस प्रकार के आपराधिक संगठनों के खिलाफ लड़ने और संगठित अपराध को समाप्त करने के लिए कोशिशें कर रहे हैं।

सबसे अधिक अपराध दर वाले देश कौन से हैं, इसका पता लगाने के लिए हर साल अलग-अलग रिपोर्ट और अध्ययन किए जाते हैं। इनमें इन देशों को शामिल किया जा सकता है—होंडुरास, अल सल्वाडोर, आइवरी कोस्ट, वेनेजुएला, बेलीज,. जमैका, ग्वाटेमाला इत्यादि।

अपराध जितने असामाजिक होते हैं, उसके विपरीत उनके बारे में जानने की दिलचस्पी भी उससे अधिक होती है। हर अपराध एक सबक भी होता है—उससे दूरी बनाए रखने का! प्रस्तुत पुस्तक '50 क्राइम स्टोरीज' का एक संकलन है। इसमें देश की समसामयिक चर्चित सत्य अपराध कथाएँ शामिल की गई हैं।

अनुक्रम

साइको किलर

शक और नफरत का भूत उस पर इस हद तक सवार था कि रिश्तों का खून करने में वह जरा भी संकोच नहीं करता था। होश सँभालने के साथ ही बदले की आग ने उसके जेहन में घर कर लिया और वह एक के बाद एक अपराधों को अंजाम देता चला गया। वह बेहद शातिर तरीके से कत्ल की वारदात को अंजाम देता था और खून के सबूत को छिपाने के लिए चशमदीद या राजदार को भी मौत के घाट उतार देता था।

इस तरह से उसने एक या दो नहीं, सात लोगों को मौत की नींद सुला दिया। हत्या करना तो जैसे उसका शौक बन गया। उसने उन लोगों का कत्ल किया, जो उसके नजदीकी थे या किसी-न-किसी बुरे वक्त में इस साइको किलर का साथ दिया था, लेकिन कातिल कितना ही क्रूर क्यों न हो, पर दिल के किसी कोने में प्यार का रिश्ता उसके पास भी होता है। बस यहीं पर वह गलती कर बैठा और नफरत का यह दरिंदा प्यार के रिश्ते की वजह से सलाखों के पीछे पहुँच गया।

यह कहानी है उस वहशी दरिंदे की, जिसने एक के बाद एक सात लोगों को मार डाला। इस साइको किलर का नाम है—अरुण चंद्राकर। छत्तीसगढ़ की राजधानी के कुकुरबेड़ा इलाके का निवासी। जिसने जन्म दिया, पाल-पोसकर बड़ा किया, उसका कत्ल किया। जिसने पनाह दी, उसको मौत के घाट उतारा, जिसने जन्म-जन्मांतर के रिश्तों की डोर इस दरिंदे से बाँधी, इसने

उसको भी इस दुनिया से रुखसत कर दिया।

सीरियल किलर अरुण चंद्राकर मूलतः दुर्ग के कचांदूर का रहनेवाला है। होश सँभालने के साथ ही वह चोरी की छोटी-मोटी वारदात करने लगा। इस वजह से वह कई बार जेल गया। उसकी गलत हरकतों से परेशान होकर पिता शत्रुहन ने उसे घर से निकाल दिया।

इसके बाद दुर्ग रेलवे स्टेशन को उसने अपना आशियाना बना लिया। घर से निकाले जाने के बाद उसने अपने पिता की ही हत्या करने की ठान ली और पिता की हत्या के लिए मौके की तलाश करने लगा। एक दिन उसको मौका मिल गया और उसने अपने पिता को चलती ट्रेन से धक्का देकर मार डाला।

इसके बाद रायपुर के हीरापुर इलाके में वह बहादुर सिंह के मकान में किराए पर रहने लगा। मामूली विवाद पर अरुण ने बहादुर की भी हत्या कर दी। उसके बाद वह अपने दोस्त मंगलू देवार के साथ कुकुरबेड़ा में रहने लगा। वहाँ लिली से प्रेम और उससे शादी करके ससुर संजय के घर में रहने लगा।

इसके बाद रायपुर के हीरापुर इलाके में वह बहादुर सिंह के मकान में किराए पर रहने लगा। मामूली विवाद पर अरुण ने बहादुर की भी हत्या कर दी। उसके बाद वह अपने दोस्त मंगलू देवार के साथ कुकुरबेड़ा में रहने लगा। वहाँ लिली से प्रेम और उससे शादी करके ससुर संजय के घर में रहने लगा। लेकिन अरुण पर खून सवार था। वह अपनी ख्वाहिश पूरी करने और बदला लेने के लिए किसी भी हद तक जा सकता था। शादी करने के बाद उसकी नजर पनाह देनेवाले संजय की संपत्ति पर गई।

उसके मकान पर कब्जा करने के लिए संजय की हत्या करके उसे कमरे में ही क्रब खोदकर दफन कर दिया। इसकी भनक जब अरुण की बीवी लिली को हुई तो उसने उसकी भी हत्या कर वहीं दफना दिया। उसके

बाद अरुण ने राज को छिपाने के लिए अपनी साली पुष्पा को भी मारकर दफना दिया।

इस तरह साइको किलर अरुण ने एक के बाद एक पिता, पत्नी, साली, साला, उसकी पत्नी, मामा-ससुर समेत सात लोगों को मौत के घाट उतार दिया। पुलिस की गिरफ्त में आने के बाद जब अरुण से इन हत्याओं के बारे में पूछा गया तो उसने कहा कि नोएडा के निठारी हत्याकांड से प्रभावित होकर उसने इस तरह के हत्याकांड को अंजाम दिया।

अरुण अकसर निठारी हत्याकांड से संबंधित न्यूज टी.वी. पर देखता था। उसको जिसके ऊपर भी शक होता था, उसे मौत के घाट उतार देता था। उसे लगता था कि जब किसी को शव ही नहीं मिलेगा तो उसे कोई पकड़ेगा भी नहीं! अरुण का कहना है कि उसने कई लोगों को तो बेहोशी की हालत में ही जिंदा दफना दिया था।

अरुण अकसर निठारी हत्याकांड से संबंधित न्यूज टी.वी. पर देखता था। उसको जिसके ऊपर भी शक होता था, उसे मौत के घाट उतार देता था। उसे लगता था कि जब किसी को शव ही नहीं मिलेगा तो उसे कोई पकड़ेगा भी नहीं! अरुण का कहना है कि उसने कई लोगों को तो बेहोशी की हालत में ही जिंदा दफना दिया था।

अरुण इन हत्याओं को अंजाम देने के बाद एक बार पुलिस के हत्थे चढ़ गया और सारी कानूनी कवायद पूरी होने के बाद उसकी सजा भी मुकम्मल कर दी गई, लेकिन खूँखार होने के साथ ही खौफ उसकी जिंदगी से गायब हो चुका था। साइको किलर अरुण को रायपुर की जिला अदालत ने तीन हत्याओं के आरोप में उम्रकैद की सजा सुनाई। अरुण के खिलाफ वर्ष 2012 में सरस्वती नगर में तीन, आमानाका में तीन और दुर्ग जिले के नंदनी थाने में हत्या का एक मामला दर्ज है। लेकिन 1 मई, 2018 को दुर्ग में पेशी के दौरान वह पुलिस की आँखों में धूल झोंककर भाग निकला।

फरार होने के छह महीने बाद नवंबर में अरुण अपनी बेटी रितु से मिलने देवार बस्ती के नजदीक आया। हालाँकि वह बस्ती में नहीं घुसा। एक रिक्शेवाले के हाथों उसने बेटी के लिए जूते, चप्पल, कपड़े, खाने-पीने का सामान भिजवा दिया। रितु का पालन-पोषण कर रही नानी अनुसुइया को जब रिक्शेवाले ने सामान थमाया तो वह इस आशंका से बेहद डर गई कि कहीं अरुण रितु को भी न मार दे! उसने तत्काल पुलिस को खबर कर दी। रिक्शेवाले से पूछताछ भी की गई। इससे पहले कि पुलिस रेलवे स्टेशन जाकर उसको गिरफ्त में लेती, वह ट्रेन के जरिए फरार हो गया। बाद में पुलिस ने उसके बस्ती में आने की खबर को कोरी अफवाह बता दिया।

फरार होने के छह महीने बाद नवंबर में अरुण अपनी बेटी रितु से मिलने देवार बस्ती के नजदीक आया। हालाँकि वह बस्ती में नहीं घुसा। एक रिक्शेवाले के हाथों उसने बेटी के लिए जूते, चप्पल, कपड़े, खाने-पीने का सामान भिजवा दिया।

नौ महीने तक फरार रहे अरुण चंद्राकर ने ज्यादातर समय महाराष्ट्र के अलग-अलग शहरों में गुजारा। वह भिखारी बनकर मंदिरों के सामने बैठकर भीख माँगता था और अपना पेट पालने के साथ इकलौती बेटी के लिए पैसा इकट्ठा कर रहा था। अरुण ने पूछताछ में बताया कि आमगाँव, डोंगरगाँव, राजनांदगाँव, रसमढ़ा, गोंदिया, नागपुर समेत कई शहरों में घूमते हुए रविवार 3 फरवरी को बेटी का बर्थ डे सेलिब्रेट करने के लिए रिक्शे में सामान लेकर घर जा रहा था, इससे पहले ही लोगों ने पहचानकर उसे पकड़कर पुलिस के हवाले कर दिया।

अरुण अपनी बेटी रितु चंद्राकर (11) से बेइंतहा प्यार करता है। जेल में रहने और फरारी के दौरान उसे बेटी की चिंता सताती थी। वह कई बार बेटी के खाने-पीने, कपड़े आदि सामान भिजवा चुका था। उसे पत्र भी लिखता था। पुलिस का दावा है कि अरुण के देवार बस्ती में आने की सूचना पर पुलिस ने

घेराबंदी की थी। वह पुलिस को देखकर भागने लगा, लेकिन आमानाका रेलवे क्रॉसिंग के आगे झुरमुट में छिपा अरुण पुलिस के हत्थे चढ़ गया। पुलिस ने उसके पास से नकदी 27 हजार रुपए व सामान जब्त किया।

इस मामले में किलर अरुण की सास अनुसुइया ने बताया कि बेटी के जन्मदिन पर अरुण इलाके में पहुँचा था। खानपान का सामान लेकर एक रिक्शेवाले को घर की तरफ भेजा, तभी परिवार के सदस्य हरकत में आए। एक को तुरंत मेन रोड की तरफ भेजा और साधु की वेशभूषा में अरुण की पहचान की। खबर देने पर पुलिस ने उसे पकड़ लिया।

अनुसुइया ने बताया कि अरुण ने जिस तरीके से सात लोगों को मौत के घाट उतारा है, वह कभी भी हमला कर सकता है। जेल से फरार होना उसके लिए कोई बड़ी बात नहीं है। पहले जिस तरह से पेशी के दौरान पुलिस को उसने चकमा दिया था, आगे भी वह यह घटना दोहरा सकता है। उसके पकड़े जाने के बाद भी परिवार के सदस्य खौफजदा दिखे।

अनुसुइया ने बताया कि अरुण ने जिस तरीके से सात लोगों को मौत के घाट उतारा है, वह कभी भी हमला कर सकता है। जेल से फरार होना उसके लिए कोई बड़ी बात नहीं है। पहले जिस तरह से पेशी के दौरान पुलिस को उसने चकमा दिया था, आगे भी वह यह घटना दोहरा सकता है। उसके पकड़े जाने के बाद भी परिवार के सदस्य खौफजदा दिखे। फाँसी की सजा की माँग रखते हुए परिजन ने कहा कि अगर अरुण दोबारा फरार हुआ तो उनकी जान पर खतरा बन आएगा। बेटी के यहाँ नहीं रहने की वजह से अरुण कभी भी क्रोध में हमला करने पहुँच सकता है।

बेटी से मिलने के लिए अरुण एक बार नवरात्र के दौरान भी आया था। दरअसल बेटी देवार डेरा में नहीं रहती। अरुण के डर की वजह से नानी अनुसुइया ने उसे अपने से दूर रखने का फैसला किया है। सुरक्षा घेरे में रखने

के फैसले के बाद अरुण को पता चला था कि बेटी घर में है, इसलिए सामान भेजा था।

75 वर्षीय अनुसुइया अरुण की बच्ची समेत नौ बच्चों का पालन–पोषण कर रही है। अरुण की सास अनुसुइया देवार, साली चाँदनी, साढ़ू भरत देवार समेत बस्ती के अन्य लोगों ने अब राहत की साँस ली है। चिंता इसलिए लगी रहती थी कि इस बहुचर्चित हत्याकांड केस में ससुराल वाले मुख्य गवाह बने थे और उनकी गवाही की बदौलत ही अरुण चंद्राकर को अदालत सजा से दंडित कर चुकी है। ऐसे में परिजनों का दहशत में होना स्वाभाविक था।

पुलिस कंट्रोल रूम में जब उसको मीडिया के सामने पेश किया गया तो उसने बड़े सहज भाव से और बड़ी बेबाकी से हर सवाल का जवाब दिया। अरुण ने बताया कि दुर्ग कोर्ट में पेशी के दौरान किसी ने उसे बूढ़ा कहकर हँसी उड़ाते हुए टिप्पणी की थी कि 'यह कहाँ भागेगा, आराम से पेशी करा दो!' यह बात उसे नागवार गुजरी थी। इस चैलेंज को स्वीकार कर वह फरार हुआ था कि वह अभी बूढ़ा नहीं हुआ है।

□

मैनू मारियो ना

पंजाब के कई गैंगस्टर्स में एक नाम दिलप्रीत सिंह बाबा का भी है। उसके निशाने पर पंजाब के गायक और अभिनेता थे। हालाँकि दिलप्रीत का बैकग्राउंड आपराधिक नहीं था, लेकिन गाँव के झगड़ों के चलते वह कुख्यात गैंगस्टर में बदल गया।

दिलप्रीत सिंह बाबा पंजाब के रूपनगर के ढहन गाँव का रहनेवाला है। शुरुआती समय में वह रोपड़ के कॉलेज में पढ़ता था और औसत दर्जे का छात्र रहा। पढ़ाई के बीच गाँव लौटे दिलप्रीत का झगड़ा गाँव के ही कुछ नौजवानों से हो गया तो पंचायत ने मामला शांत करा दिया। लेकिन कुछ दिनों बाद फिर उसके और उसकी बहन के ऊपर हमला हुआ, जिसमें दिलप्रीत ने भी कुछ लड़कों को बुरी तरह पीटा था।

इसी मारपीट के बाद दिलप्रीत सिंह की जिंदगी बदल गई। आए दिन उसका नाम इलाके की मारपीट और आपराधिक वारदातों में आने लगा। अब औसत दर्जे के छात्र दिलप्रीत के अंदर अपराधी का रूप पनप रहा था। साल 2014 के बाद दिलप्रीत सिंह रंगदारी और फिरौती के कामों को अंजाम देने लगा। वह इन मामलों में पुलिस की पकड़ से दूर रहा, क्योंकि दिलप्रीत वाईफाई के जरिए व्हाट्सएप कॉल करता था।

साल 2016 में 18 मई को एक मामले में दिलप्रीत पुलिस के हत्थे चढ़ा ही था कि तभी कुछ युवाओं ने पुलिस टीम पर हमला कर उसे छुड़ा लिया।

पुलिस हिरासत से फरार हुए दिलप्रीत ने इसके बाद लूट, हत्या, अपहरण और फिरौती के कई मामलों को अंजाम दिया। पुलिस उसे ढूँढ़ रही थी, लेकिन दिलप्रीत पकड़ से दूर रहा। इस दौरान उसने पंजाब में ड्रग स्मगलिंग और गैर-कानूनी हथियारों की तस्करी के धंधे में हाथ डाल दिया। इस काम के लिए उसने कई गुर्गों को भी नौकरी पर रखा था, जो उसके कामों को अंजाम देते थे।

दिलप्रीत ने इन सालों में पंजाब के कई बड़े गायकों को रंगदारी के लिए धमकी दी। इनमें गिप्पी ग्रेवाल और परमीश वर्मा जैसे बड़े नाम शामिल थे। एक बार दिलप्रीत सिंह बाबा का नाम परमीश वर्मा के ऊपर हुए हमले में भी आया। पंजाबी गायक परमीश पर हुए हमले की जिम्मेदारी लेते हुए दिलप्रीत सिंह ने फेसबुक पर एक पोस्ट डाली थी।

दिलप्रीत ने इन सालों में पंजाब के कई बड़े गायकों को रंगदारी के लिए धमकी दी। इनमें गिप्पी ग्रेवाल और परमीश वर्मा जैसे बड़े नाम शामिल थे। एक बार दिलप्रीत सिंह बाबा का नाम परमीश वर्मा के ऊपर हुए हमले में भी आया। पंजाबी गायक परमीश पर हुए हमले की जिम्मेदारी लेते हुए दिलप्रीत सिंह ने फेसबुक पर एक पोस्ट डाली थी। सालों तक गायब रहने के बाद जुलाई 2018 में दिलप्रीत सिंह को पंजाब पुलिस ने गिरफ्तार कर लिया।

दिलप्रीत सिंह बाबा के ऊपर पंजाब, हरियाणा, चंडीगढ़, महाराष्ट्र सहित कई राज्यों में 30 से ज्यादा आपराधिक केस दर्ज थे। इन मामलों में 3 हत्या के और 9 हत्या की कोशिश के केस थे। दिलप्रीत सिंह को चंडीगढ़ के सेक्टर-43 में एक सामान्य मुठभेड़ के बाद गिरफ्तार कर लिया गया। दिलप्रीत सिंह बाबा का नाम पंजाब के 'ए' कैटेगरी के अपराधियों में शामिल था और उसे एक संयुक्त ऑपरेशन में पंजाब इंटेलिजेंस विंग और जालंधर पुलिस ने पकड़ा।

एनकाउंटर के दौरान दिलप्रीत सिंह को गोली भी लगी थी और उसने पंजाबी भाषा में पुलिसकर्मियों से कहा था—'मैनू मारियो ना', यानी 'मुझे मारना मत'। मुठभेड़ के बाद दिलप्रीत सिंह बाबा को अस्पताल में भरती कराया गया, फिर उसे रोपड़ जेल भेज दिया गया। वहीं कुछ महीनों बाद सुरक्षा कारणों के चलते उसे भटिंडा जेल में शिफ्ट कर दिया गया।

□

लव ट्रायंगल

राजस्थान में इस वक्त एक लेडी डॉन का खौफ है। अपने विरोधी गुट के साथ मारपीट करना, फेसबुक पर लाइव आकर अपने विरोधियों को धमकाना और भद्दी-भद्दी गालियाँ देना इस लेडी डॉन का अलग ही शौक है। हालाँकि अब यह लेडी डॉन हत्या की साजिश व मारपीट जैसे मामलों के चलते पुलिस की गिरफ्त में आ चुकी है।

राजस्थान के करौली के टोडाभीम गाँव की रहनेवाली रेखा मीणा खुद को करौली की 'लेडी डॉन' कहती है। रेखा के पिता मजदूर हैं और माँ का निधन हो चुका है। वहीं गिरफ्तारी के बाद इस लेडी डॉन के अपराध की दुनिया में आने की कहानी बड़े ही रोचक तरीके से सामने आई। रेखा मीणा पहले भी कई बार गिरफ्तार हो चुकी है और कई अपराधियों की गैंगवार में शामिल भी रही है।

सोशल मीडिया पर खूब सक्रिय रहनेवाली रेखा मीणा अकसर फेसबुक पर लाइव आकर अपने विरोधियों को धमकाती थी। कुछ महीनों पहले ही उसने फेसबुक पर लाइव आकर करौली के एक हिस्टरीशीटर पप्पू मीणा उर्फ 'पी.एल. भड़क्या' को धमकाया था। इसके बाद पप्पू मीणा व उसके परिजन के साथ मारपीट का आरोप भी रेखा मीणा और 2 हजार के इनामी बदमाश अनुराज मीणा पर लगा था।

बताया जाता है कि हिस्टरीशीटर पप्पू मीणा उर्फ 'पी.एल. भड़क्या' और

2 हजार के इनामी बदमाश अनुराज मीणा कभी जिगरी दोस्त हुआ करते थे, लेकिन थोड़े ही दिनों में उनके बीच अनबन हो गई और दोनों अलग हो गए। इसके बाद कई बार दोनों के बीच गैंगवार भी हुई। हालाँकि इन दोनों के अलग होने की वजह रेखा मीणा को ही बताया जाता है।

पहले रेखा मीणा की दोस्ती अनुराज से हुई। अनुराज भी रेखा मीणा के करौली इलाके का रहनेवाला था, ऐसे में दोनों करीब आ गए। इसी बीच अनुराज ने रेखा मीणा को अपने दोस्त पप्पू मीणा से मिलवाया। मामला थोड़े दिनों में लव ट्रायंगल में बदल गया और इसी बीच पप्पू मीणा ने रेखा की एक पोस्ट सोशल मीडिया पर शेयर कर दी।

पहले रेखा मीणा की दोस्ती अनुराज से हुई। अनुराज भी रेखा मीणा के करौली इलाके का रहनेवाला था, ऐसे में दोनों करीब आ गए। इसी बीच अनुराज ने रेखा मीणा को अपने दोस्त पप्पू मीणा से मिलवाया।

उधर अनुराज ने यह सब देख पप्पू मीणा को दुश्मन मान लिया और विवाद कर बैठा। दोनों बदमाश रेखा मीणा के प्यार को जीतने के चक्कर में जानी दुश्मन बन बैठे और इसी के बाद अलग हो गए। बीते दिनों ही अनुराज मीणा ने अपने साथियों के साथ मिलकर पप्पू मीणा व उनके परिजन के साथ बीजलपुर भड़क्या गाँव में मारपीट की और पप्पू के पेट में गोली मारकर उसे गंभीर रूप से घायल कर दिया। अनुराज ने इस मारपीट का वीडियो भी फेसबुक पर लाइव किया था।

रेखा मीणा को हिस्टरीशीटर की लड़ाई भड़काने, सोशल मीडिया पर धमकी देने और गाली देने के जुर्म में पुलिस ने गिरफ्तार कर लिया। रेखा पर आरोप है कि उसने ही अनुराज को इस जुर्म के लिए उकसाया। जाँच में पता चला कि रेखा को महँगी गाड़ियों व बाइक्स का भी शौक है। इसके अलावा, वह सोशल मीडिया पर काफी सक्रिय रहती है और उसके कई फैन पेज भी बने हुए हैं। हालाँकि वह इस समय भरतपुर की महिला जेल में बंद है। □

जेल में गर्भवती

यह कहानी बिहार की एक लेडी गैंगस्टर की है, जिसे 'किडनैपिंग क्वीन' कहा गया। इस कुख्यात महिला गैंगस्टर ने अपने आपराधिक जीवन में कई वारदातों को अंजाम दिया। इसके अलावा, इसने जेल में एक कुख्यात गैंगस्टर से शादी भी रचाई थी।

वैसे तो बिहार में कई बाहुबली आतंक के पर्याय रहे हैं, लेकिन पूजा पाठक को भी खौफ का दूसरा नाम कहा गया। पटना में कॉलेज की पढ़ाई के दौरान ही पूजा की मुलाकात कैलाश नाम के शख्स से हुई। कैलाश से दोस्ती होने के बाद पूजा अपराध के धंधे में उतर गई। साल 2013 में पूजा ने अपने साथियों के साथ 2 लोगों का अपहरण किया और यहीं से उसका नाम अखबार की सुर्खियों में दर्ज हो गया।

साल 2013 में किए गए इस अपहरण में पूजा ने नीरज कुमार नाम के व्यक्ति को फिरौती की रकम लेने के बाद छोड़ा और गायब हो गई। इसके बाद तो पूजा को बिहार में 'लेडी डॉन' के नाम से जाना जाने लगा। इन दोनों वारदातों को जिस तरह से अंजाम दिया गया, उसे लेकर भी कई सवाल उठे।

पूजा को गिरफ्तार करने के बाद खुलासा हुआ कि फाइनेंस कंपनी में काम करनेवाले नीरज को 16 जुलाई, 2013 को एन.एच.-57 पर बंदूक की नोक पर किडनैप किया गया। इसके बाद घरवालों से 50 हजार की फिरौती माँगी गई। जब पैसा लेकर उनके परिजन बुलाई गई जगह पर पहुँचे, तभी उसे

छोड़ा गया। ऐसे में पता चला था कि मामले की मास्टरमाइंड वही थी। इस केस में पुलिस ने पूजा के खिलाफ एक मजबूत चार्जशीट तैयार की, जिसके बाद उसे सजा सुनाई गई थी।

सजा सुनाए जाने के बाद शिवहर मंडलकारा जेल में पूजा की मुलाकात प्रदेश के कुख्यात गैंगस्टर मुकेश पाठक से हुई। जेल में दोनों को प्यार हो गया, जिसके बाद 14 अक्तूबर, 2013 को दोनों की शादी जेल प्रशासन द्वारा करा दी गई। लेकिन साल 2015 में 20 जुलाई को मुकेश पाठक जेल से फरार हो गया। इसी दौरान पूजा की तबीयत खराब हुई तो उसे अस्पताल में भरती कराया गया। जाँच में पता चला कि वह 12 हफ्ते की गर्भवती है।

सजा सुनाए जाने के बाद शिवहर मंडलकारा जेल में पूजा की मुलाकात प्रदेश के कुख्यात गैंगस्टर मुकेश पाठक से हुई। जेल में दोनों को प्यार हो गया, जिसके बाद 14 अक्तूबर, 2013 को दोनों की शादी जेल प्रशासन द्वारा करा दी गई। लेकिन साल 2015 में 20 जुलाई को मुकेश पाठक जेल से फरार हो गया।

पूजा के जेल में ही गर्भवती होने की बात सुनते ही जेल प्रशासन के हाथ-पाँव फूल गए और सवाल खड़ा हुआ कि आखिर कोई महिला कैदी जेल में कैसे गर्भवती हो सकती है? मामला बढ़ने के बाद जेल के कुछ पुलिसकर्मी भी निलंबित कर दिए गए। इसके बाद पूजा ने एक बेटी को जन्म दिया। इस समय पूजा पर अलग-अलग थानों में हत्या, अपहरण, रंगदारी, लूट सहित करीब 2 दर्जन मामले दर्ज हैं।

□

पेट में मोबाइल फोन

एशिया की सबसे सुरक्षित जेल का दर्जा प्राप्त दिल्ली स्थित तिहाड़ जेल में एक कैदी ने जनवरी 2022 में चेकिंग के दौरान पकड़े जाने के डर से मोबाइल फोन ही निगल लिया और यह बात सबसे छुपाए रखी। लेकिन जब कैदी को पेट में असहनीय दर्द शुरू हुआ तो उसे इलाज के लिए अस्पताल ले जाया गया, जहाँ डॉक्टरों द्वारा किए गए एक्स-रे के दौरान पेट में एक मोबाइल फोन देखा गया।

तिहाड़ जेल में कैदी द्वारा फोन निगल लेने का मामला जब सामने आया तो हड़कंप मच गया। जिस जेल को सबसे सुरक्षित जेलों में से एक माना जाता है, वहाँ पर अवैध तरीके से मोबाइल फोन पहुँचने का एक और खुलासा हो गया। घटना बीती 4 जनवरी, 2022 की है। जेल प्रशासन द्वारा जेल नंबर 1 में चेकिंग की जा रही थी कि तभी जाँच अधिकारियों द्वारा पकड़े जाने के डर से कैदी संतोष ने फोन ही निगल लिया। जब कैदी ने यह फोन निगला तो किसी की भी नजर उस पर नहीं पड़ी।

इस घटना के थोड़े दिन बाद ही कैदी के पेट में तेज दर्द शुरू हो गया। ऐसे में उसे जेल में ही सामान्य दवाएँ दी गईं, लेकिन उसे आराम नहीं मिला। इसके बाद जेल प्रशासन द्वारा उसे दिल्ली के जी.बी. पंत अस्पताल में भरती कराया गया। यहाँ डॉक्टरों ने कैदी के पेट का एक्स-रे किया तो सभी लोग हैरान रह गए।

डॉक्टरों ने कैदी संतोष के पेट में जो फोन था, उसे एंडोस्कोपी कर निकाल दिया और कैदी संतोष पूरी तरह से स्वस्थ हो गया; लेकिन ज्यादा देर हो जाती तो समस्या बढ़ सकती थी। क़ैदी ने बटनोंवाला छोटा फोन निगला था, हालाँकि इसकी वजह से उसकी जान भी जा सकती थी। बड़ी बात यह रही कि डॉक्टरों ने बिना सर्जरी किए ही एक घंटे में फोन को मुँह के रास्ते से बाहर निकाल लिया।

डॉक्टरों ने कैदी संतोष के पेट में जो फोन था, उसे एंडोस्कोपी कर निकाल दिया और कैदी संतोष पूरी तरह से स्वस्थ हो गया; लेकिन ज्यादा देर हो जाती तो समस्या बढ़ सकती थी। कैदी ने बटनोंवाला छोटा फोन निगला था, हालाँकि इसकी वजह से उसकी जान भी जा सकती थी।

वहीं जेल में फोन मिलने पर जेल पुलिस महानिदेशक ने मामले की गंभीरता को समझते हुए जाँच कराई कि आखिर कैसे फोन जेल के अंदर पहुँचाए जा रहे हैं ?

जी.बी. पंत अस्पताल के वरिष्ठ डॉक्टर सिद्धार्थ ने बताया कि उनके पास पहले भी ऐसे कई केस आ चुके हैं, जिनमें एयरपोर्ट पर लोग सोने या चाँदी की पोटलियाँ निगल लेते हैं। उन्होंने बताया कि इन चीजों को बगैर ऑपरेशन बाहर निकालने का उनके पास अनुभव है, लेकिन ऐसे मामलों में हमें बहुत सावधानी बरतनी पड़ती है।

□

मौत पर जश्न

पंजाब के कई सारे गैंगस्टर्स में से एक जसविंदर सिंह रॉकी को साल 2016 में हिमाचल के परवाणू में मौत के घाट उतार दिया गया।

पंजाब के फाजिल्का में साल 1971 में पैदा हुए जसविंदर सिंह रॉकी का '90 के दशक के बाद दबदबा बन रहा था। उस समय पंजाब में भी अपराध का स्तर काफी बढ़ चुका था। बताते हैं कि रॉकी की मुलाकात इसी बीच यू.पी. के माफिया मुख्तार अंसारी से हुई और उसी की दिखाई राह पर रॉकी आगे बढ़ गया। साल 1994 आते-आते कई मामलों में रॉकी का नाम सामने आया, लेकिन 1997 में इलाहाबाद के व्यापारी नंद किशोर रूँगटा की किडनैपिंग और मर्डर केस ने सभी को हैरान कर दिया।

साल 1997 में व्यापारी की हत्या से जुड़े मामले में रॉकी पर केस तो दर्ज हुआ ही, साथ ही अंसारी के साथ सी.बी.आई. ट्रायल भी हुआ, लेकिन केस में गवाहों के मुकरते ही दोनों छूट गए। इसके बाद साल 1998 में बेंगलुरु के कारोबारी निर्मल कुमार जयपुरिया के अपहरण मामले में भी रॉकी का नाम सामने आया। इस मामले में छूटने के बाद साल 2002 में वह पंजाब लौटा तो यहाँ उसका साथी प्रभजिंदर सिंह डिंपा अपना गैंग चला रहा था।

जसविंदर के पंजाब लौटने के बाद दोनों में अदावत छिड़ी तो साल 2006 में प्रभजिंदर की हत्या कर दी गई। इस मामले में उसका नाम तो आया, लेकिन सबूतों के अभाव में वह बरी हो गया। साल 2007 से 2012 तक रॉकी के ऊपर हत्या और अपहरण के 8 केस दर्ज हुए। साल 2012 में ही उसने

पंजाब के भाजपा नेता सुरजीत ज्याणी के खिलाफ निर्दलीय चुनाव लड़ा, जिसमें उसे 39 हजार वोट मिले, पर वह चुनाव हार गया।

राजनीति में उतरने की पहली बाजी में वह मात खा गया, लेकिन उसका नाम बड़ा हो गया। इसके बाद जसविंदर फिर से अपने काम पर लग गया और साल 2015 में एक बार फिर पंजाब और राजस्थान के आपराधिक मामलों में उस पर 4 केस दर्ज हुए। रॉकी पर 1994 से लेकर 2016 तक हत्या, हत्या की साजिश, अपहरण जैसे अन्य संगीन जुर्मों में 22 मामले दर्ज थे। खास बात यह थी कि रॉकी को पंजाब पुलिस की तरफ से सुरक्षा में 4 पुलिसकर्मी दिए गए थे।

राजनीति में उतरने की पहली बाजी में वह मात खा गया, लेकिन उसका नाम बड़ा हो गया। इसके बाद जसविंदर फिर से अपने काम पर लग गया और साल 2015 में एक बार फिर पंजाब और राजस्थान के आपराधिक मामलों में उस पर 4 केस दर्ज हुए।

30 अप्रैल, 2016 को जसविंदर सिंह रॉकी अपने दोस्त परमपाल पाला व दो सुरक्षाकर्मियों के साथ हिमाचल प्रदेश के सोलन से चंडीगढ़ आ रहा था। सुबह 10 बजे के करीब रॉकी की गाड़ी जैसे ही परवाणू के टी.टी.आर. होटल के पास पहुँची, वैसे ही रोड किनारे खड़े दो अज्ञात हमलावरों ने रॉकी की गाड़ी पर गोलियों की बौछार कर दी और फरार हो गए। घायल परमपाल पाला जब तक कार चलाकर अस्पताल पहुँचता, तब तक जसविंदर रॉकी की मौत हो चुकी थी।

जसविंदर की मौत के कुछ समय बाद उसके विरोधी गुट के अलग-अलग गैंगस्टर्स ने जश्न मनाते हुए सोशल मीडिया पर जसविंदर की कार की फोटो डालते हुए लिखा था कि उनका बदला पूरा हो गया। इस पोस्ट में खास बात यह थी कि जिन-जिन अकाउंट से ऐसी बातें लिखी गई थीं, उनमें से अधिकतर अपराधी जेल में थे।

□

दोस्त का कत्ल

पंजाब के एक कम उम्र के गैंगस्टर सुक्खा काहलवाँ का आतंक प्रदेश के बाहर हरियाणा, राजस्थान, दिल्ली से पश्चिम बंगाल तक फैला हुआ था। 15 साल के आपराधिक इतिहास में इस गैंगस्टर के ऊपर 60 से अधिक संगीन जुर्म के मामले दर्ज थे। सुक्खा का पूरा नाम सुखविंदर सिंह काहलवाँ था और उसे पंजाब का सबसे खतरनाक शार्प शूटर माना जाता था।

पंजाब के कपूरथला के काहलवाँ गाँव में 21 जून, 1987 को जनमे सुखविंदर के माता-पिता चाहते थे कि वह ठीक से पढ़-लिख ले, ताकि उसे अमरीका ले जाया जा सके। बताया जाता है कि सुखविंदर के पिता काफी दिनों से अमरीका में रह रहे थे। लेकिन पढ़ाई के दौरान छोटे-मोटे झगड़ों से कब वह अपराध की दुनिया में दाखिल हुआ, परिवार को भनक तक नहीं लगी। 17 साल का हुआ तो उसके ऊपर पहला आपराधिक मामला दर्ज हो गया।

सुखविंदर के पिता को पता चला तो उनका सपना टूट गया और वह सुखविंदर को भाई सोनू के साथ उसकी मौसी के यहाँ छोड़कर परिवार के साथ विदेश चले गए। यही वह समय था, जब सुखविंदर के संपर्क इलाके के बदमाशों से स्थापित हो गए। थोड़े ही दिनों में उसने पंजाब से लेकर राजस्थान तक ताबड़तोड़ वारदातों को अंजाम दिया। साल 2005-06 तक उसके ऊपर एक दर्जन से ज्यादा हत्याओं के केस दर्ज थे। लोग अब सुखविंदर को 'सुक्खा' नाम से जानने लगे थे और अब वह अपने गैंग के साथ काम करता था।

सुक्खा ने साल 2008 में अपनी प्रेमिका से शादी कर ली। शादी के कुछ दिनों बाद ही कई आपराधिक मामलों में घिरे होने के बाद भी वह ऑस्ट्रेलिया चला गया। हालाँकि सुक्खा को विदेश ज्यादा रास नहीं आया और थोड़े दिनों बाद ही वह वापस लौट आया। देश वापस लौटा तो उसने जालंधर के स्पीड फंड एकेडमी में कोच और दोस्त रहे लवली बाबा की साल 2010 में किन्हीं कारणों से हत्या कर दी। इसके बाद वह जेल चला गया। जेल जाने के बाद सुक्खा की निजी जिंदगी भी प्रभावित हुई और 2014 में वह अपनी पत्नी से अलग हो गया।

सुक्खा ने साल 2008 में अपनी प्रेमिका से शादी कर ली। शादी के कुछ दिनों बाद ही कई आपराधिक मामलों में घिरे होने के बाद भी वह ऑस्ट्रेलिया चला गया। हालाँकि सुक्खा को विदेश ज्यादा रास नहीं आया और थोड़े दिनों बाद ही वह वापस लौट आया।

लवली बाबा की मौत के बाद लवली बाबा के दोस्त विक्की गौंडर और प्रेम लाहोरिया ने सुक्खा को मारने का प्रण कर लिया। ये वही विक्की और प्रेम लाहोरिया थे, जो कभी लवली बाबा और सुक्खा के दोस्त थे और हाइवे पर लूट को मिलकर अंजाम देते थे। ऐसे में जब साल 2015 के जनवरी महीने में सुक्खा को जालंधर कोर्ट में पेशी के लिए ले जाया जा रहा था, तभी विक्की और प्रेम ने सुक्खा की गाड़ी पर भीषण गोलीबारी की, जिसमें सुक्खा की मौत हो गई।

पंजाब का कुख्यात गैंगस्टर सुक्खा काहलवाँ साल 2000 से 2015 तक हत्या, लूटपाट, डकैती, फिरौती, हत्या की साजिश और गैंगवार जैसे कई आपराधिक कृत्यों में शामिल रहा। सुक्खा पर गैंगस्टर एक्ट के अलावा 60 से अधिक संगीन जुर्म के केस दर्ज थे। इनमें से कुछ मामले ऐसे भी थे, जिनमें किसी ने गवाही ही नहीं दी थी।

□

निश्चित मौत

जुर्म ऐसा दलदल है, जहाँ एक दिन मृत्यु निश्चित है। कुछ ऐसा ही कुख्यात गैंगस्टर शेख हैदर के साथ भी हुआ।

उड़ीसा के केंद्रपाड़ा में पैदा हुए हैदर का नाम 90 के दशक में खूब सुना गया। साल 1990 से 2000 के बीच उसने प्रदेश भर के कई हिस्सों में अपहरण और हत्याओं को बड़े स्तर पर अंजाम दिया। पुलिस प्रशासन ने जब उसके ऊपर निगरानी शुरू की तो पता चला कि साल 1980 के करीब केंद्रपाड़ा में ही वह रिक्शा चलाया करता था और बाद में स्थानीय बदमाश रबिन के साथ मिलकर अपराध करने लगा।

स्थानीय बदमाश रबिन उन दिनों इलाके में चोरी, लूटपाट और फिरौती वसूलने का काम करता था। रबिन के इस गैंग में सैयद उस्मान उर्फ टीटो और सुलेमान नाम के दो और बदमाश थे, जो अपराध के दाँव-पेच सीख रहे थे। कुछ सालों बाद जब रबिन की हत्या कर दी गई तो टीटो गैंग का मुखिया बना, लेकिन तीनों की आपसी दुश्मनी के चलते ही सुलेमान की हत्या हो गई।

साल 1991 में शेख हैदर का नाम लोगों की जुबान पर तब चढ़ा, जब हैदर ने बुल्ला सेठी नाम के बड़े बदमाश को केंद्रपाड़ा के कोर्ट परिसर में मार गिराया। इस हत्या के बाद कुछ सालों तक हैदर ने कई अपहरण व हत्याओं को अंजाम दिया। बड़े दिनों से बचते आए हैदर को 1997 में एक दिन पुलिस ने घेर लिया, लेकिन भारी मुठभेड़ के बाद भी वह बच निकला।

एनकाउंटर में बच निकलने के दो साल बाद 1999 में शेख हैदर और

टीटो एक साथ मिल गए, लेकिन इलाके में वर्चस्व और सरकारी ठेकों को हथियाने में फिर से खाई पैदा हो गई। शेख हैदर ने 2001 में टीटो का साथ छोड़ दिया और फिर साल 2005 में उसने सुलेमान के भाई की हत्या करा दी। इस हत्या के मामले में उसे जेल भेज दिया गया और 2011 में आए फैसले में उसे आजीवन कारावास की सजा सुनाई गई।

साल 2005 से लगातार जेल में बंद रहा हैदर सलाखों के पीछे रहते हुए भी अपने गुर्गों के सहारे आपराधिक घटनाओं को अंजाम दिया करता था। ऐसे में पुलिस प्रशासन को बार-बार उसकी जेल बदलनी पड़ती थी। साल 2021 में मार्च महीने में उसकी तबीयत बिगड़ी तो उसे जेल से कटक के मेडिकल कॉलेज में शिफ्ट कर दिया गया। लेकिन 10 अप्रैल, 2021 को अपनी सुरक्षा में लगे पुलिसकर्मियों को नशीली बिरयानी खिलाकर हैदर भाग निकला।

हैदर के फरार होने के बाद 6 पुलिसकर्मियों को सस्पेंड कर दिया गया और उसे पकड़ने के लिए स्पेशल ऑपरेशन चलाया गया। आखिरकार वह तेलंगाना के हैदराबाद से दबोच लिया गया और चौदर जेल भेज दिया गया।

हैदर के फरार होने के बाद 6 पुलिसकर्मियों को सस्पेंड कर दिया गया और उसे पकड़ने के लिए स्पेशल ऑपरेशन चलाया गया। आखिरकार वह तेलंगाना के हैदराबाद से दबोच लिया गया और चौदर जेल भेज दिया गया। गिरफ्तारी के कुछ दिन बाद ही उसे चौदर जेल से मयूरभंज जेल में ले जाया जा रहा था। पुलिस ने बताया कि रास्ते में उसने पेशाब करने के बहाने से गाड़ी रुकवाई और फिर भागने लगा। जब हमने रुकने के लिए कहा तो वह नहीं माना और गोली लगने से मारा गया।

हैदर की मौत के बाद उसकी पत्नी ने एनकाउंटर पर सवाल खड़ा करते हुए कहा था कि उसके पति को जान-बूझकर मारा गया है, क्योंकि उसे कहीं और शिफ्ट करने की सूचना परिवार को दी ही नहीं गई थी।

□

शह और मात

झारखंड में कोयला माफिया के तौर पर कुख्यात सुशील श्रीवास्तव का कई सालों तक इलाके पर प्रभुत्व रहा। सुशील श्रीवास्तव अपने आपराधिक कृत्यों के चलते कई सालों तक जेल में रहा। लोग उसे 'बाबा' नाम से बुलाते थे। माना जाता है कि सुशील के बिहार और झारखंड के नेताओं से भी बड़े करीबी रिश्ते थे।

झारखंड के चतरा जिले के कुपा गाँव में 1963 में सुशील का जन्म एक साधारण किसान परिवार में हुआ। गाँव में शुरुआती पढ़ाई के बाद सुशील स्नातक करने राँची चला गया। राँची में पढ़ाई के दौरान उसे मीना नाम की एक लड़की से प्यार हुआ तो शादी की बात घर में छेड़ी, पर घरवालों ने मना कर दिया। बाद में घरवालों की बिना मर्जी के सुशील ने 1986 में मीना से शादी कर ली और राँची में ही बस गया।

शादी के बाद सुशील कोयले के धंधे में उतर गया और देखते-ही-देखते इलाके का कोयला माफिया बन गया; लेकिन उसमें अब बड़ा बनने की चाहत थी। साल 1992 में सुशील की मुलाकात पी.डब्ल्यू.डी. विभाग के इंजीनियर राधेश्याम रजक से हुई। उसने राधेश्याम से रामगढ़ इलाके में काम के लिए एक कॉन्ट्रैक्ट माँगा। यहाँ उसे काम तो नहीं मिला, उलटा राधेश्याम रजक ने खूब बेइज्जती की। इसके बाद वह चुपचाप काम करता रहा, तभी उसकी मुलाकात जिले के कोयला माफिया भोला पांडेय से हुई।

सुशील कुछ ही दिनों में भोला पांडेय का करीबी बन गया और दो साल बाद ही उसने राधेश्याम रजक की हत्या कर दी और अपनी बेइज्जती का बदला ले लिया। फिर तो जैसे सुशील श्रीवास्तव का सिक्का बोलने लगा। भोला पांडेय के साथ मिलकर कोयला और स्क्रैप के कारोबार में उसने खूब पैसा कमाया। साल 1995 आते-आते सुशील का नाम, रुतबा, दबदबा सबकुछ बन चुका था। अब उसके कुछ साथी भी हो गए थे, जो उसके लिए काम करते थे। थोड़े ही दिनों में उसने भोला पांडेय का साथ छोड़ दिया तो पांडेय से उसकी अदावत छिड़ गई।

सुशील का नाम इसी बीच रामगढ़ के स्क्रैप व्यापारी की हत्या के मामले में सामने आया और 1997 में उसे गिरफ्तार कर लिया गया। सुशील श्रीवास्तव को हजारीबाग जेल भेजा गया, लेकिन उसका नेटवर्क तब भी काम करता रहा। उसके गुर्गों ने जबरन वसूली के काम को बोकारो और झारखंड तक फैला दिया। जेल में बंद रहने के दौरान ही उसकी मुलाकात अनिल शर्मा से हुई। अनिल शर्मा और सुशील ने मिलकर कोयला टेंडर सहित रैक ट्रांसपोर्टिंग के काम में भी हाथ डाल दिया।

सुशील का नाम इसी बीच रामगढ़ के स्क्रैप व्यापारी की हत्या के मामले में सामने आया और 1997 में उसे गिरफ्तार कर लिया गया। सुशील श्रीवास्तव को हजारीबाग जेल भेजा गया, लेकिन उसका नेटवर्क तब भी काम करता रहा। उसके गुर्गों ने जबरन वसूली के काम को बोकारो और झारखंड तक फैला दिया।

रामगढ़ इलाके में कई बड़े मामलों में शामिल होने के चलते 2005 में सुशील फिर से जेल गया और यहीं से भोला पांडेय की हत्या की साजिश रचने लगा। लेकिन 2006 में विकास तिवारी नाम के अपराधी ने भोला पांडेय के भतीजे किशोर पांडेय के साथ मिलकर सुशील के कई साथियों को मार दिया। हत्या के मामले में साल 2008 में विकास गिरफ्तार हुआ तो जेल गया। जब

डेढ़ साल बाद बाहर आया तो पांडेय गैंग में बड़ा रुतबा मिला, लेकिन दूसरी तरफ जेल में रहते हुए सुशील ने 2010 में भोला पांडेय की हत्या करा दी।

भोला पांडेय की हत्या के बाद सुशील जेल से बाहर ही नहीं आया और अब वह जेल को ही सुरक्षित ठिकाना मानने लगा था। कुछ मामलों में पेशी के चलते 2 जून, 2016 को सुशील श्रीवास्तव को जेल से हजारीबाग व्यवहार न्यायालय लाया गया, लेकिन कोर्ट परिसर में ही उसके ऊपर ए.के.-47 से ताबड़तोड़ फायरिंग कर उसे मौत के घाट उतार दिया गया। इस फायरिंग में सुशील के अलावा तीन और लोगों की भी मौत हो गई थी। सुशील श्रीवास्तव हत्याकांड के मामले में साल 2020 में पाँच लोगों को आजीवन कारावास की सजा सुनाई गई।

□

मेडल की जगह गोलियाँ

पंजाब की जमीन हमेशा से ही बड़ी उर्वर रही है। त्याग, तपस्या और बलिदान की भूमि से कई ऐसे नाम निकले, जिन्होंने पूरी दुनिया में नाम कमाया। वहीं हरजिंदर सिंह भुल्लर उर्फ 'विक्की गौंडर' भी एक नाम था, जो कभी डिस्कस थ्रो का बेहतरीन खिलाड़ी हुआ करता था। लेकिन समय का पहिया ऐसा घूमा कि विक्की गौंडर कुख्यात अपराधी में तब्दील हो गया।

पंजाब के मुक्तसर जिले के सराँव बोदला गाँव के रहनेवाले हरजिंदर भुल्लर की शुरुआती शिक्षा गाँव में ही हुई। यहीं पर रहकर उसने स्टेट लेवल तक डिस्कस थ्रो खेल में मेडल जीते। लेकिन इसके बाद वह आगे की पढ़ाई और ट्रेनिंग के लिए जालंधर चला गया और स्पीड फंड एकेडमी ज्वाइन कर ली। विक्की गौंडर बचपन से ही गुस्सैल स्वभाव का था और इस बात को माँ-पिता ने भी कोचिंग एकेडमी वालों को बता दिया था। लेकिन डिस्कस थ्रो में अव्वल खिलाड़ी और औसत दर्जे का छात्र होने के नाते उससे सभी प्यार करते थे।

दिन भर ग्राउंड में प्रैक्टिस करने के चलते ही उसका नाम 'विक्की ग्राउंडर' पड़ गया, लेकिन आम बोलचाल में 'ग्राउंडर' शब्द 'गौंडर' में बदल गया। जालंधर की एकेडमी में विक्की कभी-कभार किसी से भिड़ जाता था। लेकिन पहली बार साल 2008 में वह अपराध की दुनिया में तब आया, जब उसका संपर्क एकेडमी के ही नवप्रीत उर्फ लवली बाबा से हुआ। लवली

बाबा के संपर्क तब के कुख्यात गैंगस्टर प्रेम लाहोरिया और सुक्खा काहलवाँ से थे। थोड़े दिनों में ही विक्की भी इन दोनों गैंगस्टर्स के करीब आ गया और हाइवे पर होनेवाली लूटपाट में शामिल हो गया।

बताया जाता है कि विक्की को एकेडमी में ट्रेनिंग के दौरान ही सेना से नौकरी की पेशकश भी हुई, लेकिन उसने नौकरी करने से मना कर दिया। राष्ट्रीय स्तर पर तीन गोल्ड मेडल और दो सिल्वर मेडल जीतनेवाले विक्की का उद्‌देश्य अब बदल चुका था। यहीं से हरजिंदर सिंह भुल्लर उर्फ विक्की गौंडर के हाथों से डिस्कस की डिस्क छूट गई और बंदूक ने अपना कब्जा जमा लिया।

साल 2010 में अपराधी सुक्खा ने लवली बाबा का मर्डर कर दिया तो विक्की और प्रेम लाहोरिया दोनों ने बदला लेना चाहा। लवली की हत्या के बाद ही सुक्खा पुलिस के हत्थे चढ़ गया और जनवरी 2015 में एक दिन जालंधर कोर्ट में पेशी के दौरान ही विक्की और प्रेम ने सुक्खा पर हमला कर दिया। भीषण गोलीबारी में सुक्खा मारा गया और दोनों का बदला पूरा हो गया।

साल 2010 में अपराधी सुक्खा ने लवली बाबा का मर्डर कर दिया तो विक्की और प्रेम लाहोरिया दोनों ने बदला लेना चाहा। लवली की हत्या के बाद ही सुक्खा पुलिस के हत्थे चढ़ गया और जनवरी 2015 में एक दिन जालंधर कोर्ट में पेशी के दौरान ही विक्की और प्रेम ने सुक्खा पर हमला कर दिया। भीषण गोलीबारी में सुक्खा मारा गया और दोनों का बदला पूरा हो गया।

सुक्खा की मौत के 11 माह बाद, साल 2015 के दिसंबर महीने में विक्की गौंडर को तरनतारण से पकड़ लिया गया और रोपड़ जेल ले जाया गया। रोपड़ में अन्य कैदियों से मारपीट के बाद उसे नाभा जेल भेज दिया गया। विक्की यहाँ करीब 11 महीने रहा, लेकिन नवंबर 2016 में जेल से भाग निकला। 'चर्चित नाभा जेल ब्रेक कांड' में वह 5 साथियों के साथ फरार हुआ था और उस पर 10 लाख का इनाम रख दिया गया था।

जेल से भागने के बाद विक्की को लगा कि वह आजाद है, लेकिन अब वह पुलिस की आँखों में चुभने लगा था। छापेमारी के दौरान 27 जनवरी, 2018 को पुलिस ने श्रीगंगानगर के पक्की गाँव में विक्की और उसके साथी को घेर लिया। आपसी मुठभेड़ में पंजाब के सबसे कुख्यात अपराधियों में से एक विक्की और प्रेम लाहोरिया को मार गिराया गया। जिस विक्की की छाती पर कभी मेडल लटकते थे, आज वहीं गोलियाँ दाग दी गई थीं।

□

अति सर्वत्र वर्जयेत्

कमरे का दरवाजा दो रात अंदर से ही बंद रहा। पत्नी की हत्या के बाद कातिल पति ने लाश को नहलाया। फिर दो रात तक उससे संबंध बनाता रहा। जब गुनाह की गुत्थी सुलझी तो पुलिस भी दंग रह गई।

उस एक साल के दरमियान क्या-क्या न हुआ! नजरें मिलीं। प्यार हुआ। परवान चढ़ा। परिवारों ने भी रजामंदी से दोनों को शादी के बंधन में बाँध दिया। अभी छह महीने ही गुजरे थे कि एक रात इस बंधन की गाँठ खुल गई। उस रात, उस चहारदीवारी में दोनों ही थे, लेकिन पति जिंदा था और पत्नी मौत की नींद सो रही थी।

वह दिन 29 मई, 2016 का था। सनसनीखेज वारदात दिल्ली के निहाल विहार इलाके की है, लेकिन लव स्टोरी की शुरुआत होती है दिल्ली से 70 किलोमीटर दूर बुलंदशहर के एक गाँव से। तब प्रदीप 25 साल का था और वह 21 साल की थी। प्रदीप ने उसे अपने भाई की शादी में देखा था। सुंदर नैन-नक्श और चंचल, शोख अदाएँ! पहली ही नजर में प्रदीप को वह भा गई थी। वहीं पर उसने इशारों-ही-इशारों में मोहब्बत का इजहार कर दिया।

चार महीने में नजदीकियाँ इतनी बढ़ीं कि प्रदीप ने शादी की जिद पकड़ ली। चूँकि वह गाँव में निठल्ला घूमता था तो लड़की के घरवालों को मनाने के लिए प्रदीप ने भरी पंचायत में वादा किया कि वह जल्द ही कोई नौकरी

ढूँढ़कर जिम्मेदार पति बनकर दिखाएगा। आखिरकार गंगा घाट पर दोनों को शादी के बंधन में बाँध दिया गया।

शादी के कुछ दिन बाद ही एक खूबसूरत जिंदगी जीने के खयाल से प्रदीप उसे लेकर दिल्ली आ गया। किराए पर कमरा लिया निहाल विहार में। यहाँ पर वह इ-रिक्शा चलाकर पैसे कमाने लगा। मगर आय कम और खर्च ज्यादा। घर के खर्चे पूरे नहीं हो रहे थे। कुछ ही महीनों में दोनों के बीच तीखी नोक-झोंक शुरू हो गई, लेकिन फिर भी वह काफी खुशमिजाज थी और खुले मिजाज की भी।

प्रदीप को अंदर-ही-अंदर डर सताता था कि दिल्ली की चकाचौंध कहीं उसे उससे छीन न ले! इसी ने उसके मन में शक पैदा कर दिया। उसे लगा कि पत्नी की किसी से दोस्ती हो गई है। शक करते-करते प्रदीप को शराब की लत लग गई। आए दिन वह पत्नी को मारने-पीटने लगा। इधर निहाल विहार वाले घर के मालिक ने भी अल्टीमेटम दे दिया कि या तो किराया दे या कमरा खाली करे।

प्रदीप को अंदर-ही-अंदर डर सताता था कि दिल्ली की चकाचौंध कहीं उसे उससे छीन न ले! इसी ने उसके मन में शक पैदा कर दिया। उसे लगा कि पत्नी की किसी से दोस्ती हो गई है। शक करते-करते प्रदीप को शराब की लत लग गई। आए दिन वह पत्नी को मारने-पीटने लगा।

फिर 29 मई, 2016 की वह तारीख आई। पुलिस अफसर के मुताबिक, उस रात प्रदीप घर लौटा। साथ में शराब की एक बोतल थी। दोनों साथ बैठे। प्रदीप ने उस रात दो-तीन पैग पीने के बाद पत्नी से भी पीने को कहा। उसने इनकार कर दिया। प्रदीप के ऊपर नशा हावी था। जुबान से वे सभी बातें निकलने लगीं, जिसे लेकर वह पत्नी पर शक करता था।

पत्नी को यह बरदाश्त न हुआ। उसने रोते हुए बस इतना कहा कि तुमसे प्यार करके, तुम पर भरोसा करके मैंने अपनी जिंदगी खराब कर ली। इतना

सुनते ही प्रदीप के दिमाग पर नशे के साथ गुस्सा सवार हो गया। उसने सबसे पहले कमरे का दरवाजा अंदर से बंद किया। फिर ईंट उठाकर उसने पत्नी के सिर पर दे मारी। रोने-चीखने की आवाज न निकले, इसलिए उसने पत्नी के मुँह पर हाथ रख दिया और उसका सिर दीवार में कई बार मारा। इसके बाद वह खून से लथपथ होकर गिर पड़ी। आखिर में बची साँसें भी उसकी आँखों के सामने हमेशा के लिए ठहर गईं।

खून से सनी लाश को गोद में उठाकर वह बाथरूम में ले गया। उसके कपड़े उतारकर उसे नहलाया और सारा खून साफ किया। फिर बिस्तर पर लिटाया। नशे में प्रदीप उसके बगल में लेटकर उससे माफी माँगने लगा। टकटकी लगाए उसे देखता रहा। लाश के साथ बातें करता रहा। दो रात पत्नी की लाश के साथ बिताने के बाद वह सुबह फरार हो गया।

वह पत्नी का फोन भी अपने साथ ले गया। मोबाइल पर कॉल न मिलने पर महिला के घरवालों को शक हुआ। उन्होंने पड़ोसी को फोन किया। तब हत्या का खुलासा हुआ। शव का पोस्टमार्टम हुआ। रिपोर्ट में खुलासा हुआ कि शव के साथ संबंध बनाए गए हैं। पुलिस ने चार दिन बाद नांगलोई के पास से प्रदीप को गिरफ्तार किया। उसने पुलिस को बताया कि वह अपनी पत्नी को बहुत प्यार करता था, इसलिए हत्या के बाद भी शव से उसने बहुत प्यार किया।

□

मोस्ट वॉन्टेड

किसने सोचा होगा कि जो शख्स एक जमाने में लोगों को एक टी.वी. शो के जरिए मोस्ट वॉन्टेड अपराधियों से रू-ब-रू कराता था, वह एक दिन हत्या जैसे संगीन अपराध का दोषी साबित होगा! 'इंडियाज मोस्ट वॉन्टेड' नाम के टी.वी. शो से देश भर में पहचान बनानेवाले टी.वी. एंकर सुहैब इलियासी को पत्नी का हत्यारा करार दिया गया। टी.वी. पर एक घंटे के शो में अपराध की दास्तान बतानेवाले सुहैब के जुर्म की कहानी साबित होने में 17 साल लग गए।

हत्या का यह केस और उसमें आए ट्विस्ट्स किसी फिल्मी कहानी से कम नहीं। कहानी शुरू हुई साल 2000 में। तारीख थी 10 जनवरी। सुहैब की पत्नी अंजू इलियासी को पूर्वी दिल्ली स्थित आवास से जख्मी हालत में अस्पताल ले जाया गया। पुलिस को दिए बयान में सुहैब ने बताया कि दोनों के बीच हुई कहासुनी के बाद अंजू ने आत्महत्या करने के मकसद से खुद को कई बार चाकू मारकर घायल कर लिया। अस्पताल में इलाज के दौरान अंजू को बचाया नहीं जा सका। दो ओटॉप्सी रिपोर्ट्स, फॉरेंसिक जाँच और अंजू के माता-पिता के बयान से सुहैब की बात सही साबित हुई और पुलिस आत्महत्या की थ्योरी पर आगे बढ़ी।

मामले में ट्विस्ट तब आया, जब फरवरी में अंजू की बड़ी बहन रश्मि कनाडा से भारत आईं। पेशे से टीचर रश्मि ही वह शख्स थीं, जिनसे अंजू ने

मौत से पहले आखिरी बार बात की थी। अंजू ने रश्मि को सुहैब की हरकतों के बारे में सबकुछ बताया था। रश्मि के बयान ने इस पूरे केस को पलटकर रख दिया। रश्मि ने पुलिस को एक डायरी भी दी। उसमें अंजू ने बहुत कुछ लिखा था। इसके बाद आत्महत्या की थ्योरी संदेह के घेरे में आ गई। अंजू के माता-पिता और पुलिस को भी यकीन हो गया कि सुहैब ने ही अंजू की हत्या की है।

पुलिस ने नए सिरे से मामले की जाँच शुरू की और 28 मार्च, 2000 को दहेज के लिए हत्या, प्रताड़ना और सबूत मिटाने के जुर्म में इलियासी को गिरफ्तार कर लिया। उस समय पूर्वी दिल्ली ए.सी.पी. (ऑपरेशंस) रहे राजीव रंजन ने बताया, "ट्रायल कोर्ट ने सुहैब पर से हत्या का चार्ज हटा दिया था, हम उसके खिलाफ सुप्रीम कोर्ट गए और हत्या का आरोप फिर शामिल कराया। यह पूरा केस परिस्थितिजन्य साक्ष्यों पर आधारित था, लेकिन हमने जिस तरह कड़ियों को जोड़ा था, उससे सुहैब का अपराध साबित हो रहा था।"

मेरा शुरू से मानना था कि इस केस में जैसा दिख रहा है, वैसा है नहीं। मैं हत्या, आत्महत्या के कई मामलों की जाँच कर चुका हूँ और मेरे लिए यह यकीन करना मुश्किल था कि आत्महत्या के केस में शरीर पर एक से ज्यादा घाव हो सकते हैं!

केस से जुड़े एक अन्य पुलिस अधिकारी ने कहा, "मेरा शुरू से मानना था कि इस केस में जैसा दिख रहा है, वैसा है नहीं। मैं हत्या, आत्महत्या के कई मामलों की जाँच कर चुका हूँ और मेरे लिए यह यकीन करना मुश्किल था कि आत्महत्या के केस में शरीर पर एक से ज्यादा घाव हो सकते हैं!"

शिकायतकर्त्ता के वकील सतेंद्र शर्मा ने बताया कि इलियासी ने अंजू की हत्या को आत्महत्या साबित करने की बहुत कोशिश की, लेकिन जाँच के दौरान अपने बयान में लगातार बदलाव करते रहने के चलते वह फँस गया। पुलिस ने मृतक की माँ रुकमा सिंह की शिकायत पर शुरुआत में इलियासी

के खिलाफ आई.पी.सी. के तहत दहेज-हत्या का मुकदमा दर्ज किया था। सिंह ने आरोप लगाया था कि टी.वी. के जरिए अच्छी-खासी पहचान हासिल करनेवाले इलियासी कथित रूप से कई तरह की अवैध गतिविधियों में शामिल था। वह उनकी बेटी को दहेज के लिए भी प्रताड़ित करता था, इसलिए अंजू कनाडा जाकर रहना चाहती थी, पर इलियासी को यह मंजूर नहीं था।

इलियासी ने हाई कोर्ट में अर्जी दायर की और मामले में उसकी पत्नी की मौत की प्रकृति जानने के लिए नए सिरे से मेडिकल बोर्ड गठित करने के दिल्ली पुलिस के फैसले को चुनौती दी। हालाँकि वह अर्जी खारिज हो गई। इसके बाद इलियासी सुप्रीम कोर्ट पहुँचा, लेकिन वहाँ से भी उसे कोई राहत नहीं मिली।

इलियासी ने हाई कोर्ट में अर्जी दायर की और मामले में उसकी पत्नी की मौत की प्रकृति जानने के लिए नए सिरे से मेडिकल बोर्ड गठित करने के दिल्ली पुलिस के फैसले को चुनौती दी। हालाँकि वह अर्जी खारिज हो गई। इसके बाद इलियासी सुप्रीम कोर्ट पहुँचा, लेकिन वहाँ से भी उसे कोई राहत नहीं मिली। बहरहाल, ट्रायल कोर्ट ने रिकॉर्ड में मौजूद सबूतों के आधार पर इलियासी को हत्या का दोषी करार दिया। उन्हें हत्या के लिए दोषी ठहराया गया और आजीवन कारावास की सजा सुनाई गई। 5 अक्तूबर, 2018 को दिल्ली उच्च न्यायालय ने उन्हें यह कहते हुए बरी कर दिया कि दोषसिद्धि को बनाए रखने के लिए उनके खिलाफ रिकॉर्ड पर कोई सबूत नहीं हैं।

□

कातिल मामा

एक खूबसूरत मकान और उसकी बालकनी में 32 महीने से दबी एक लाश! उस लाश के ऊपर गुलाब, तुलसी और गेंदे के लहलहाते पौधे। रूह कँपा देनेवाली खौफनाक कत्ल की कहानी किसी हॉरर सीरियल या उपन्यास की नहीं, बल्कि दिल्ली में घटी एक सच्ची कहानी है। इस कहानी के दो अहम किरदार थे—मामा और भानजा। न घरवालों को कुछ पता और न पड़ोसियों को भनक। न ही पुलिस को इसकी खबर! पौधों के नीचे दफन था कत्ल का एक राज! एक दिन अचानक उस मिट्टी से बाहर निकला कंकाल और फिर खुलीं इसकी परतें!

9 अक्तूबर, 2018 का दिन। द्वारका पुलिस को कॉल मिली। कॉलर ने बताया कि छत की मिट्टी हटाने पर उसके नीचे से कंकाल निकला है। पुलिस मौका-ए-वारदात पर पहुँची। जाँच के बाद पता लगा कि लाश ओडिशा निवासी 27 साल के जयप्रकाश नारायण की है। वह एम.बी.ए. करने के बाद नौकरी कर रहा था। इसी मकान में वह अपने मामा विजयन महाराणा के साथ किराए पर रहता था। 35 साल का विजयन आंध्र प्रदेश का रहनेवाला था। वह गुरुग्राम में जॉब करता था। उसी के साथ भानजे की भी जॉब थी। अब सवाल यह कि मामा कहाँ है? पुलिस ने पता लगाया, सारे पुराने नंबर बंद मिले। उसके घरवालों को भी नहीं पता था कि विजयन कहाँ है।

पुलिस ने जयप्रकाश के घरवालों से संपर्क साधा। उन्होंने बताया कि 6 फरवरी, 2016 को उनकी बेटे से आखिरी बार बात हुई थी। 7 फरवरी को आरोपी मामा ने बताया था कि वह अपने दोस्तों के साथ वैष्णो देवी घूमने गया है। घरवाले जयप्रकाश के आने का इंतजार करने लगे, लेकिन कई दिनों तक जब कोई खबर नहीं मिली तो मामा ने ही 12 फरवरी को डाबड़ी थाने में गुमशुदगी की रिपोर्ट दर्ज कराई, हालाँकि पलटकर कभी पुलिस के पास नहीं गया। उसी के कुछ दिनों बाद से मामा का भी पता नहीं था। पुलिस सोचने लगी कि क्या विजयन ने ही जयप्रकाश की हत्या करके दफन कर दिया था?

वह पलटकर कभी पुलिस के पास नहीं गया। पुलिस की कई टीमों ने दिल्ली, हरियाणा, पंजाब, ओडिशा और आंध्र प्रदेश में छापेमारी की। आखिरकार चार महीने बाद आरोपी की गिरफ्तारी तेलंगाना से हो सकी। पूछताछ में जो बात सामने आई, उसे सुनकर पुलिस भी सहम गई। दरअसल, विजयन की गर्लफ्रेंड से भानजे की नजदीकियाँ बढ़ गई थीं। इस बात से दोनों में कई दफा नोक-झोंक हुई। मामा ने जयप्रकाश को रास्ते से हटाने के लिए रात में पंखे की मोटर से वार करके हत्या कर दी। शव को ठिकाने लगाने के लिए बालकनी में मिट्टी डालकर पूजा के लिए तुलसी का पौधा लगाने के बहाने भानजे की लाश को उसमें दफन कर दिया। इसके बाद उसी मकान में अकेले रहता रहा। उसके ऊपर ईंटें भी बिछा दीं।

वह पलटकर कभी पुलिस के पास नहीं गया। पुलिस की कई टीमों ने दिल्ली, हरियाणा, पंजाब, ओडिशा और आंध्र प्रदेश में छापेमारी की। आखिरकार चार महीने बाद आरोपी की गिरफ्तारी तेलंगाना से हो सकी। पूछताछ में जो बात सामने आई, उसे सुनकर पुलिस भी सहम गई।

□

एक हत्यारा, बीस कत्ल!

एक ऐसा सीरियल किलर, जिसने छह साल में (2003 से 2009 के बीच) कई लोगों को मौत के घाट उतार दिया। इन सालों में वह अपने अलग अंदाज से वारदात को अंजाम दे रहा था, लेकिन उसे कोई पकड़ नहीं पाया। साल 2009 में जब वह पकड़ा गया तो उसने अपने खुलासे से सभी को हैरान कर दिया। इस सीरियल किलर का नाम था—मोहन कुमार उर्फ 'सायनाइड मोहन'।

मोहन कुमार को 'सायनाइड मोहन' इसलिए कहा गया, क्योंकि उसने सभी हत्याओं में सायनाइड का इस्तेमाल किया था। साल था 2009 और कर्नाटक के बंतवाल तालुके के बारीमार गाँव की अनीता गायब हो गई। इलाके में अफवाह उड़ी कि वह किसी मुसलिम लड़के के साथ भाग गई। दो दिन बाद अनीता नहीं मिली तो लोगों ने इस मामले को सांप्रदायिक रंग देते हुए हंगामा शुरू कर दिया।

पुलिस पर इस मामले में दबाव बढ़ा तो जाँच शुरू हुई। इसी क्रम में पता चला कि अनीता नाम की किसी लड़की का शव करीब 150 किलोमीटर दूर हसन शहर के बस स्टैंड के शौचालय में पड़ा मिला है। मृत अनीता के मुँह से झाग निकल रहा था। पहले लड़की के गायब होने और फिर मर्डर की गुत्थी सुलझाने का दबाव ऐसा था कि पुलिस को एक टीम बनानी पड़ी।

पुलिस ने अनीता के फोन के कॉल डिटेल खँगाले तो कावेरी नाम की

किसी लड़की से सबसे ज्यादा बात होने की बात सामने आई। पुलिस जब कावेरी के घर पहुँची तो पता चला कि कावेरी भी कई दिनों से लापता है। इसके बाद कावेरी की कॉल डिटेल में विनुथा और फिर गायब विनुथा के कॉल डिटेल में किसी और लड़की पुष्पा का नंबर दर्ज मिला। पुलिस ने कुछ और कड़ियों को जोड़ा, पिछले बंद नंबरों के बाद एक चालू नंबर मिला।

पुलिस ने इस नंबर पर बात की तो पता चला कि धनुष नाम का कोई लड़का इसे चला रहा है। पुलिस ने लड़के से बात की तो पता चला कि यह फोन उसके चाचा मोहन ने दिया है। इसके बाद पुलिस ने मोहन कुमार को हिरासत में लेकर पूछताछ की तो सभी के होश उड़ गए। क्योंकि पुलिस को तो लग रहा था कि यह किसी सेक्स रैकेट गिरोह का काम है। मोहन ने बताया कि साल 2003 से 2009 के बीच लापता हुई 20 लड़कियों की मौत के लिए वही जिम्मेदार है।

पुलिस ने इस नंबर पर बात की तो पता चला कि धनुष नाम का कोई लड़का इसे चला रहा है। पुलिस ने लड़के से बात की तो पता चला कि यह फोन उसके चाचा मोहन ने दिया है। इसके बाद पुलिस ने मोहन कुमार को हिरासत में लेकर पूछताछ की तो सभी के होश उड़ गए।

मोहन ने पुलिस की पूछताछ में बताया कि वह उन लड़कियों को जाल में फँसाता था, जो आर्थिक रूप से कमजोर या शादी की उम्र पार कर चुकी होती थीं। फिर वह गरीब परिवार की लड़कियों से बिना दहेज शादी करने के लिए उनके परिजन को राजी करता था। इसके बाद कहता था कि जो भी पैसे व गहने हैं, वह लेकर आना, हम गाँव से बाहर चलकर शादी कर लेंगे।

मोहन ने पुलिस को बताया था कि वह लड़कियों को बस से उनके शहर से दूर लेकर जाता था। फिर किसी होटल में फर्जी पहचान-पत्र पर ठहरता था और लड़कियों से शारीरिक संबंध बनाता था। इसके बाद दूसरे दिन सुबह बस

स्टैंड के शौचालय के बाहर लड़कियों को गर्भनिरोधक गोली खाने के लिए मना लेता था, जबकि असल में ये गोलियाँ सायनाइड जैसे खतरनाक जहर से भरी होती थीं। इधर लड़की शौचालय में जाती तो उधर मोहन गहने और पैसे लेकर भाग जाता था।

इस सीरियल किलर ने बताया कि साल 2003 से लेकर 2009 के बीच दक्षिण कर्नाटक के छह शहरों में अलग-अलग बस स्टैंड के पास बने टॉयलेट में उसने 20 महिलाओं को मौत के घाट उतारा था। मोहन कुमार के बारे में कहा जाता था कि वह जिस जाति की लड़की से दोस्ती बढ़ाता, वह खुद को भी उसी समुदाय का बताता था, जिससे लड़कियाँ उसके झाँसे में जल्दी आ जाती थीं। जबकि मोहन कुमार की पहले से तीन पत्नियाँ थीं।

साल 2013 में मंगलौर की फास्ट ट्रैक कोर्ट ने उसे 20 महिलाओं की हत्या का दोषी माना और फाँसी की सजा सुनाई। फिर साल 2017 में हत्याओं के पाँच अलग मामलों में मौत की सजा और अन्य में उम्रकैद की सजा सुनाई।

□

खुद की मौत

साजिश का ताना-बाना उसने कुछ इस तरह से बुना था कि शक की कोई गुंजाइश न रहे। दिल दहला देनेवाले हत्याकांड को अंजाम देने के लिए उसने लंबे समय तक प्लानिंग की थी। किसी और को मौत के घाट उतारकर वह अपनी मौत की अफवाह उड़ाना चाहता था। उसने हर कदम सोच-समझकर रखा था और अपने मकसद में वह कुछ हद तक कामयाब भी हो गया था।

22 जनवरी, 2019 की सर्द सुबह में उस वक्त सियासत का पारा गरम हो गया, जब यह खबर आई कि मध्य प्रदेश के बिलपांक थाना क्षेत्र के ग्राम कमेड़ में आर.एस.एस. के जिला प्रमुख संजय पाटीदार के चचेरे भाई और संघ के स्वयंसेवक 36 साल के हिम्मत पाटीदार की उसके ही खेत में गला रेतकर हत्या कर दी गई है। हत्या के बाद पहचान छिपाने के लिए उनका चेहरा भी जला दिया गया था।

जानकारी के मुताबिक, हिम्मत पाटीदार रात करीब एक बजे बाइक लेकर घर से करीब एक किमी. दूर स्थित खेत पर सिंचाई के लिए गया था। रात में ही उसकी गला रेतकर हत्या कर कर दी गई। बुधवार सुबह तक घर नहीं लौटने पर पिता लक्ष्मीनारायण पाटीदार उसे देखने खेत पर गए। वहाँ उन्हें हिम्मत का शव मिला। बाइक शव से कुछ दूर खड़ी थी। सूचना पर पहुँची पुलिस ने डॉग स्क्वाड भी बुलवाया और शव व घटनास्थल की जाँच की।

जाँच के बाद दोपहर में पोस्टमार्टम के बाद शव परिजन को सौंप दिया गया। उस वक्त हत्या के कारणों का खुलासा नहीं हुआ और मामला प्रेम-प्रसंग से जुड़ा होने की बात भी कही जा रही थी।

इस मामले में पुलिस को गाँव के एक व्यक्ति पर शक भी हुआ। पुलिस ने उसके घर दबिश दी, लेकिन वह नहीं मिला। शाम को एस.पी. गौरव तिवारी ने घटनास्थल पर पहुँचकर ग्रामीणों से चर्चा की।

परिजन और विधायक मकवाना ने पुलिस से अपराधी को तत्काल पकड़कर सख्त सजा दिलवाने की माँग की। मामला सियासी रसूख से जुड़ा हुआ था, इसलिए पुलिस फूँक-फूँककर कदम रख रही थी। हर एंगल से जाँच की जा रही थी, लेकिन तभी पुलिस के सामने एक चौंकानेवाली जानकारी आई कि हिम्मत के ऊपर काफी कर्ज चढ़ा हुआ था। पुलिस को शक होने पर लाश का डी.एन.ए. टेस्ट करवाया गया तो मामले का खुलासा हो गया।

परिजन और विधायक मकवाना ने पुलिस से अपराधी को तत्काल पकड़कर सख्त सजा दिलवाने की माँग की। मामला सियासी रसूख से जुड़ा हुआ था, इसलिए पुलिस फूँक-फूँककर कदम रख रही थी।

दरअसल, खुद को मरा साबित करने के इरादे से हिम्मत पाटीदार ने किसी और को मौत के घाट उतारा था। पुलिस ने हिम्मत पाटीदार को राजस्थान के प्रतापगढ़ जिले के पास स्थित एक धर्मशाला से गिरफ्तार कर लिया। एस.पी. गौरव तिवारी ने पाटीदार की गिरफ्तारी की जानकारी देते हुए बताया कि आरोपित पाटीदार पर 26 लाख का कर्ज था और उसने एक महीने पहले ही 20 लाख का बीमा कराया था। कर्ज से निजात पाने और बीमे की राशि हासिल करने के लिए ही आरोपी ने अपने पूर्व नौकर मदनलाल मालवीय की हत्या को अंजाम दिया था। पुलिस को गुमराह करने के लिए उसने हत्या करनेवाले नौकर को अपने कपड़े भी पहना दिए थे।

पुलिस के मुताबिक, हिम्मत पाटीदार ने अपने पूर्व नौकर मदन की 22 और 23 जनवरी, 2019 की दरमियानी रात अपने खेत में तलवार से गला रेतकर हत्या कर दी थी। उसे अपने कपड़े पहनवाए और पहचान छिपाने के उद्देश्य से घास डालकर मदन का चेहरा जला दिया था, ताकि लोग यह समझें कि शव हिम्मत का है और हत्या नौकर मदन ने की है।

पुलिस को हिम्मत ने प्रारंभिक पूछताछ में बताया कि साजिश के तहत पहले उसने अपनी कद-काठी के गाँव में रहनेवाले कालू मालवीय को चुना। कालू के बाल बड़े होने से घटना के तीन दिन पहले हिम्मत उसे हेयर कटिंग की दुकान पर ले गया था और यह कहकर उसकी कटिंग बनवाई थी कि हेयर स्टाइल बदल ले। साथ ही उसने घटना के पहले खेत पर तलवार छिपा दी थी। घटना वाली रात उसने फोन लगाकर कालू को बुलाया था, लेकिन वह हिम्मत के पास नहीं गया। इसके बाद वह कालू को लेने एक अन्य खेत पर गया था, जहाँ कालू काम करता था, लेकिन कालू वहाँ नहीं मिला।

पुलिस को हिम्मत ने प्रारंभिक पूछताछ में बताया कि साजिश के तहत पहले उसने अपनी कद-काठी के गाँव में रहनेवाले कालू मालवीय को चुना। कालू के बाल बड़े होने से घटना के तीन दिन पहले हिम्मत उसे हेयर कटिंग की दुकान पर ले गया था और यह कहकर उसकी कटिंग बनवाई थी कि हेयर स्टाइल बदल ले।

तब उसने मदन को मारने का प्लान बनाया और वहाँ पहुँचा, जहाँ मदन काम कर रहा था। उसे बाइक से वह अपने खेत पर लेकर आया। अधिक सर्दी होने का झाँसा देकर मदन से कहा कि उसने (हिम्मत) गरम कपड़े पहन रखे हैं, तू मेरे कपड़े पहन ले। मदन ने अपने फटे-पुराने कपड़े उतारकर हिम्मत द्वारा दिए उसके कपड़े और जैकेट पहन लिये। इसके बाद दोनों ने बैठकर बीड़ी पी। बीड़ी खत्म होते ही हिम्मत ने पीछे से पकड़कर मदन का

गला दबा दिया। वह बेहोश हो गया तो हिम्मत ने तलवार से उसके गले पर चार वार किए।

अपने इस प्लान को फूलप्रूफ बनाने के लिए हिम्मत ने मृतक मदन की जेब में अपना मोबाइल, सिम कार्ड और डायरी रख दी और उसे अपने कपड़े पहना दिए। इतना ही नहीं, पुलिस मरनेवाले शख्स की पहचान न कर ले, इससे बचने के लिए उसने मदन का चेहरा भी जला दिया। लेकिन हिम्मत के तमाम हथकंडे भी उसके काम नहीं आए और पुलिस ने डी.एन.ए. टेस्ट के सहारे असली हत्यारे की पहचान कर ली।

□

रिश्तों का कातिल!

यह कहानी बेहद मार्मिक तो है ही, लोगों को परेशान करनेवाली भी है। जरा कल्पना कीजिए, आप जिस लड़की से बेहद प्यार करते हों, उसके साथ जिंदगी बसर कर रहे हों और उसकी एक छोटी सी जिद से नाराज होकर उसकी हत्या कर सकते हैं! इस कहानी के पात्र ने कुछ ऐसा ही किया है। घटना झारखंड के हजारीबाग जिले में हुई थी, लेकिन हत्या का आरोपी और मृतका बिहार के रहनेवाले हैं। हत्या के आरोपी का घर बिहार के बेगूसराय जिले में है, तो मरनेवाली प्रेमिका का घर बिहार के गोपालगंज जिले में है।

हुआ यह कि हजारीबाग जिले के बरकट्ठा थाना क्षेत्र के बंडासिंघा जंगल से 18 नवंबर, 2021 को एक युवती का शव बरामद हुआ। पुलिस इस शव को लेकर काफी परेशान थी। पहली दिक्कत थी शव की शिनाख्त और दूसरी दिक्कत थी, हत्यारे तक पहुँचना। पुलिस की मेहनत रंग लाई और अंततः वह हत्यारे तक पहुँच गई। शव की पहचान भी हो गई।

पुलिस के अनुसार, जैसे ही हत्या का आरोपी उनके हत्थे चढ़ा, पूछताछ शुरू हुई, वह धीरे-धीरे टूटता चला गया। उसने हत्या की हर बात उगल दी। अब वह पुलिस की गिरफ्त में था। उसने हत्या के कारणों की जो कहानी सुनाई, उसे सुनकर कोई भी हैरान-परेशान हो सकता है।

बरकट्ठा थाने की पुलिस के अनुसार, हत्या का आरोपी युवती का प्रेमी

था। उसने युवती की गला दबाकर हत्या की। हत्या करने के बाद शव को जंगल में फेंक दिया। यह हत्या उसने तीन साल के एक मासूम के सामने की थी। पुलिस भी यह बात सुनकर हैरान है। हर कोई यह सोच रहा कि उसने हिम्मत कैसे जुटाई?

आरोपी 34 वर्षीय चंद्र पासवान उर्फ सावंत बिहार के बेगूसराय जिले के बछवाड़ा थाना के साकिन फतेहा गाँव का रहनेवाला है। वहीं उसकी प्रेमिका अनिशा कुमारी गोपालगंज जिले के साकिन बरमाइन थाना अंतर्गत उचका गाँव की निवासी थी।

बरकट्ठा थाना क्षेत्र के डूमरढिहा जंगल से 18 नवंबर, 2021 को 25 वर्षीय एक युवती का शव बरामद हुआ। जाँच में उसके ही प्रेमी का इसमें हाथ होने की बात आई। तकनीकी साक्ष्यों की मदद से चंद्र पासवान को हिरासत में लिया गया तो पहले तो उसने इससे इनकार किया, परंतु कड़ाई से पूछताछ करने पर वह टूट गया और पूरी कहानी पुलिस को बता दी।

बरकट्ठा थाना क्षेत्र के डूमरढिहा जंगल से 18 नवंबर, 2021 को 25 वर्षीय एक युवती का शव बरामद हुआ। जाँच में उसके ही प्रेमी का इसमें हाथ होने की बात आई। तकनीकी साक्ष्यों की मदद से चंद्र पासवान को हिरासत में लिया गया तो पहले तो उसने इससे इनकार किया, परंतु कड़ाई से पूछताछ करने पर वह टूट गया और पूरी कहानी पुलिस को बता दी।

उसने बताया कि वह हजारीबाग के आनंदपुरी में रहकर पिछले तीन साल से जीवन बसर कर रहा था। अनिशा कुमारी को अपने साथ बिहार से लेकर हजारीबाग में लिव-इन-रिलेशन में था। उसका तीन साल का एक बेटा भी है। उसकी एक और पत्नी है, जिससे दो बेटियाँ हैं।

बेटे की चाह में ही वह अनिशा कुमारी को अपने साथ हजारीबाग में रख

रहा था। इस बीच अनिशा कुमारी ने गाँव जाने की जिद पकड़ ली। उसे बस में चढ़ाने की बात कह बाइक से बंडासिंघा पी.डब्ल्यू.डी. रोड ले आया और सुनसान जगह देखकर बेटे के सामने ही उसकी हत्या कर दी और शव को झाड़ियों में फेंक दिया। इसके बाद वह गाँव गया और बच्चे को यह कहकर वहाँ छोड़ दिया कि उसने उसे गोद लिया है।

अब वह जेल में अपने किए की सजा भुगत रहा है।

□

फाँसी हो!

सात लोगों की हत्या के बाद प्रेमी तो फरार हो गया, लेकिन प्रेमिका घर में ही मौजूद रही। हत्या को डकैती का रूप देने के लिए उसने बदमाशों का शोर मचा दिया। इससे गाँव के लोग दौड़ पड़े। तीन कमरों में खून-ही-खून बिखरा पड़ा था।

इस कहानी के किरदार शबनम और सलीम के खूनी प्यार ने न सिर्फ रिश्तों का कत्ल किया, बल्कि पूरे समाज को ही हिलाकर रख दिया। अब शबनम फाँसी के तख्ते के बहुत करीब पहुँच चुकी है। मुरादाबाद मंडल के अमरोहा की ये प्रेम-कहानी रोंगटे खड़े कर देनेवाली है। दरअसल, 14 अप्रैल, 2008 की रात को शबनम ने अपने प्रेमी सलीम के साथ मिलकर अपने माता-पिता और भतीजे का बेरहमी से कत्ल कर दिया था। परिवार के सात लोगों की हत्या कुल्हाड़ी से गला काटकर की गई थी।

शबनम को फाँसी की सजा पहले ही सुनाई जा चुकी है। अब राष्ट्रपति भवन से भी उसकी याचिका खारिज कर दी गई है। ऐसे में माना जा रहा है कि जल्दी ही उसे फाँसी दी जा सकती है।

अमरोहा जिले से हसनपुर के बावनखेड़ी गाँव निवासी शिक्षक शौकत अली के परिवार में पत्नी हाशमी, बेटा अनीस, राशिद, पुत्रवधू अंजुम, बेटी शबनम व दस महीने का मासूम पौत्र अर्श थे। पिता ने अपनी इकलौती बेटी शबनम को नाजों से पाला था। यही वजह थी कि उसे बेहतर तालीम भी

दिलाई गई थी। एम.ए. की पढ़ाई पूरी करने के बाद शबनम 'शिक्षामित्र' बन गई। इसके कुछ ही समय बाद शबनम की आँख गाँव के ही आठवीं पास सलीम से लड़ गई। दोनों एक-दूसरे पर जान छिड़कते थे और शादी भी करना चाहते थे। अड़चन यह थी कि शबनम सैफी तो सलीम पठान बिरादरी से था। इसके कारण युवती के परिवार को यह रिश्ता स्वीकार नहीं था। इसके बावजूद दोनों का मिलना-जुलना जारी रहा। शबनम प्रेमी को अपने घर बुलाने के लिए खाने में नींद की गोलियाँ मिलाकर पूरे परिवार को सुला देती थी। जब परिवार गहरी नींद में होता तो प्रेमी सलीम को अपने घर बुला लेती थी।

इसके बाद दोनों ने अपने प्यार को मुकाम तक पहुँचाने के लिए एक भयानक फैसला ले लिया। 14 अप्रैल, 2008 कत्ल की रात रही। शबनम ने प्रेमी सलीम को घर पर बुला लिया। नींद की गोली के जरिए पूरे परिवार को सुला दिया, खास बात यह थी कि उस दिन फुफेरी बहन राबिया भी उनके घर आई हुई थी। रात में दोनों प्रेमी और प्रेमिका ने पिता शौकत, माँ हाशमी, भाई अनीस, राशिद, भाभी अंजुम, राबिया व भतीजे अर्श की गला काटकर हत्या कर दी।

इसके बाद दोनों ने अपने प्यार को मुकाम तक पहुँचाने के लिए एक भयानक फैसला ले लिया। 14 अप्रैल, 2008 कत्ल की रात रही। शबनम ने प्रेमी सलीम को घर पर बुला लिया। नींद की गोली के जरिए पूरे परिवार को सुला दिया, खास बात यह थी कि उस दिन फुफेरी बहन राबिया भी उनके घर आई हुई थी।

इस सनसनीखेज वारदात ने पूरे प्रदेश में हलचल पैदा कर दी थी। यही वजह थी कि तत्कालीन सी.एम. मायावती भी गाँव में पहुँची थीं। घटनास्थल की स्थिति शबनम की ओर इशारा कर रही थी। पुलिस ने इसी लाइन पर जाँच भी शुरू की। वारदात के चौथे दिन ही शबनम व सलीम को पुलिस ने हिरासत में ले लिया था, बाकी की कसर सलीम के मोबाइल की कॉल डिटेल ने पूरी कर दी।

विवेचक आर.पी. गुप्ता को घर में नशे की दस गोलियाँ मिली थीं। फिर पोस्टमार्टम रिपोर्ट में भी सभी मृतकों को नशा दिए जाने की पुष्टि हुई। इसके साथ ही उन्हें घर के किचन में रखी चाय की पत्ती के डिब्बे में एक सिम मिला था। उसकी कॉल डिटेल में घटना वाली रात को सलीम के पास 50 से अधिक कॉल किए जाने की जानकारी प्राप्त हुई थी। परिवार के सभी सदस्यों को नशा दिए जाने के साथ केवल शबनम का बेहोश न होना तथा सलीम को 50 से अधिक कॉल किए जाने को आधार बनाकर पुलिस ने दोनों को हिरासत में लिया था। इससे पूरा मामला सामने आ गया। आरोपी ने वारदात में शामिल कुल्हाड़ी तालाब से बरामद करा दी थी। इस घटना का दूसरा पहलू यह था कि शबनम वारदात के दौरान गर्भवती थी। उसका दो माह का गर्भ था। यह बच्चा सलीम का ही था। बिन ब्याही शबनम ने 13 दिसंबर, 2008 को मुरादाबाद जेल में बेटे को जन्म दिया।

विवेचक आर.पी. गुप्ता को घर में नशे की दस गोलियाँ मिली थीं। फिर पोस्टमार्टम रिपोर्ट में भी सभी मृतकों को नशा दिए जाने की पुष्टि हुई। इसके साथ ही उन्हें घर के किचन में रखी चाय की पत्ती के डिब्बे में एक सिम मिला था। उसकी कॉल डिटेल में घटना वाली रात को सलीम के पास 50 से अधिक कॉल किए जाने की जानकारी प्राप्त हुई थी।

हत्या करनेवाले शबनम और सलीम जेल में हैं। बावनखेड़ी नरसंहार के करीब 14 वर्ष हो चुके हैं। फाँसी के तख्ते के बेहद करीब पहुँची शबनम के चाचा सत्तार अली एवं चाची फातिमा ने कहा कि दोषियों को फाँसी होने से ही मृतकों को इनसाफ मिलेगा। वे भाई शौकत अली के मकान में नरसंहार के बाद से ही रह रहे हैं। हर साल मकान के एक तरफ बनी सातों की कब्रों की सफाई करते हैं।

उनका कहना है कि शबनम और सलीम ने जो कृत्य किया है, उससे वह फाँसी के ही हकदार हैं। उधर सलीम की माँ चमनजहाँ का कहना है कि

वह रात-दिन अल्लाह से दुआ करती है। अल्लाह जो करेगा, बेहतर करेगा। सलीम के बुजुर्ग पिता अब्दुल रऊफ गाँव में पकौड़ी का ठेला लगाकर जीवनयापन कर रहे हैं। शबनम-सलीम की फाँसी को लेकर गाँव के लोगों की अलग-अलग प्रतिक्रियाएँ हैं। कुछ लोग फाँसी की सजा को उचित ठहराते हैं तो कुछ उनके बचाव में भी हैं।

शबनम का परिवार शिक्षित व संपन्न था, जबकि सलीम के परिवार की गिनती मध्यम वर्ग में होती है। बावनखेड़ी कांड के बाद यह गाँव सारे देश में बदनाम हुआ। इकलौती बेटी द्वारा परिवार के सात सदस्यों की हत्या को लेकर इस गाँव को देश के लोग जान गए। मास्टर शौकत सैफी के घर में शबनम इकलौती बेटी थी। इस घटना के बाद गाँव के लोगों को शबनम से इतनी नफरत हो गई कि अब इस गाँव में कोई अपनी बेटी का नाम शबनम रखना नहीं चाहता।

शबनम और उसके प्रेमी को फाँसी देने के लिए मथुरा जिला कारागार का फाँसीघर तैयार हो गया है। फाँसी पर लटकाने के लिए बक्सर से मनीला सन के फंदे वाले दो रस्से मँगाए गए हैं। मेरठ से जल्लाद पिछले वर्ष फाँसीघर का निरीक्षण करने भी आया था। हालाँकि अभी फाँसी की तारीख तय नहीं हुई है। यदि शबनम और सलीम को फाँसी होती है तो यह आजाद भारत का पहला मामला होगा।

महिलाओं को फाँसी पर लटकाने की व्यवस्था जिला जेल में है। अभी अदालत ने शबनम और सलीम को फाँसी पर लटकाने की तारीख मुकर्रर नहीं की है, पर जेल प्रशासन ने शबनम और सलीम को फाँसी के लिए अपनी तैयारी पूरी कर ली है।

□

घर का भेदी जासूस

भारतीय जासूसी के इतिहास में कूमर नारायण नाम का एक जासूस ऐसा हुआ, जिससे देश को फायदा कभी नहीं हुआ, बल्कि उसके चलते देश बड़ी मुश्किल में पड़ सकता था। '60 के दशक में कूमर नारायण ने सरकार के इर्द-गिर्द रहते हुए गोपनीय जानकारी इकट्‌ठा करनी शुरू की और दूसरे देशों को बेची। जब कूमर 1985 में पकड़ा गया तो सरकार और सरकारी मंत्रालयों में अधिकारियों की गिरफ्तारी की बाढ़ आ गई थी। कूमर नारायण को जनवरी 1985 में गिरफ्तार किया गया।

देश में हुए इस जासूसी स्कैंडल में तत्कालीन सरकार ने 2,100 पन्नों की चार्जशीट और 188 गवाहों की सूची अदालत में प्रस्तुत की थी। हालाँकि जब इस जासूसी रैकेट की बात सार्वजनिक हुई थी तो देश भर में हड़कंप मच गया था।

केरल में जनमे कूमर का पूरा नाम चित्तर वेंकट कूमर नारायण था। 18 साल की उम्र में आर्मी की कुरियर सर्विस में हवलदार रहा, लेकिन 6 साल बाद सर्विस से छुट्टी दे दी गई। फिर 1949 में वह स्टेनोग्राफर के रूप में विदेश मंत्रालय में शामिल हुआ और कई देशों का दौरा किया। इसके बाद 1960 में नारायण ने बॉम्बे स्थित एस.एल.एम. मानेकलाल कंपनी में क्षेत्रीय प्रबंधक बना।

एस.एल.एम. मानेकलाल कंपनी में क्षेत्रीय प्रबंधक बनने के बाद से

उसने भारतीय राष्ट्रपति और पी.एम. के कार्यालयों से क्लासीफाइड जानकारी एकत्र करना शुरू कर दिया। इसी दौर में करीब 20 सालों तक उसने कंपनी मानेकलाल के जरिए कथित तौर पर फ्रांसीसी, पोलिश, जर्मन दूतावासों व अन्य कई देशों के अधिकारियों को गोपनीय जानकारी दी थी। लेकिन जब जासूस कूमर का भंडा फूटा तो सरकार सन्न रह गई।

दरअसल, एस.एल.एम. मानेकलाल कंपनी का दफ्तर दिल्ली में हेली रोड पर स्थित था। इस कंपनी का मैनेजिंग डायरेक्टर योगेश मानेकलाल था। रिपोर्ट्स के मुताबिक, पहले यह कंपनी कपड़े के धंधे में थी, लेकिन विस्तार के बाद कई तरह के उपकरण भी बनाने लगी थी, जिसमें कूमर नारायण का पूरा हाथ था। कूमर ने इन सालों में भारतीय राष्ट्रपति और पी.एम. के कार्यालयों सहित मंत्रालय के अफसरों के बीच गहरी पैठ बनाई और गोपनीय जानकारी बेचना शुरू किया।

एस.एल.एम. मानेकलाल कंपनी का दफ्तर दिल्ली में हेली रोड पर स्थित था। इस कंपनी का मैनेजिंग डायरेक्टर योगेश मानेकलाल था। रिपोर्ट्स के मुताबिक, पहले यह कंपनी कपड़े के धंधे में थी, लेकिन विस्तार के बाद कई तरह के उपकरण भी बनाने लगी थी, जिसमें कूमर नारायण का पूरा हाथ था।

कई सालों तक अफसरों की मिलीभगत से गोपनीय दस्तावेज बेचे जाते रहे। अफसर असली पेपर लौटा ले जाते और कूमर उनकी फोटोकॉपी अपने पास रख लेता। '70 के दशक में मानेकलाल कंपनी का व्यापार यूरोप और रूस तक जा पहुँचा और कंपनी के जरिए कूमर सीक्रेट बेचता रहा। यहाँ प्रक्रिया एक हाथ से देने और लेनेवाली थी। '80 का दशक आते-आते उसने खुफिया जानकारी, रक्षा मंत्रालय के गोपनीय दस्तावेज कई देशों को बेचे।

सन् 1982 में इस कांड की भनक खुफिया एजेंसियों को लग गई। इंदिरा गांधी पी.एम. थीं तो निर्देश आए कि पी.एम. कार्यालय सहित सभी दफ्तरों

पर नजर रखी जाए। इसी बीच उनकी मौत के बाद यह काम धीमा पड़ गया, लेकिन राजीव गांधी सरकार ने फिर से इस केस पर नजर डाली। इस कांड में ऐसे लोग शामिल थे, जिनका खुफिया जानकारियों के बीच सीधा दखल था।

साल 1985 में पी.एम. के प्रमुख सचिव पी.सी. अलेक्जेंडर के वरिष्ठ निजी सहायक पूकट गोपालन, हेली रोड में कूमर के दफ्तर पहुँचे। तभी पुलिस दफ्तर में घुसी और उस समय पूकट गोपालन के सूटकेस में पी.एम. कार्यालय से जुड़े तीन बेहद महत्त्वपूर्ण दस्तावेज मौजूद थे। इसके बाद राष्ट्रपति के प्रेस सचिव के सहायक एस. शंकरन, पी.सी. अलेक्जेंडर के निजी सचिव टी.एन. खेर, रक्षा मंत्रालय के जगदीश चंद्र अरोड़ा, पी.एम. सचिवालय के दो सहायक और वित्त मंत्रालय के एक वरिष्ठ सहायक को गिरफ्तार किया गया।

राजीव गांधी ने जब इस जासूसी रैकेट की बात सार्वजनिक की तो देश भर में हड़कंप मच गया। वहीं गिरफ्तार किए गए लोगों के पास से बरामद दस्तावेजों ने आई.बी. की नींद उड़ा दी। पी.एम. के प्रमुख सचिव पी.सी. अलेक्जेंडर को तुरंत इस्तीफा देने को कहा गया, हालाँकि उन पर कोई आरोप नहीं थे। साथ ही कई सारे दूतावासों के अधिकारियों को देश छोड़ने का आदेश दे दिया गया। मामले में इंटेलिजेंस ब्यूरो ने ऑफिशियल सीक्रेट एक्ट के तहत एफ.आई.आर. दर्ज कराई।

राजीव गांधी ने जब इस जासूसी रैकेट की बात सार्वजनिक की तो देश भर में हड़कंप मच गया। वहीं गिरफ्तार किए गए लोगों के पास से बरामद दस्तावेजों ने आई.बी. की नींद उड़ा दी। पी.एम. के प्रमुख सचिव पी.सी. अलेक्जेंडर को तुरंत इस्तीफा देने को कहा गया, हालाँकि उन पर कोई आरोप नहीं थे। साथ ही कई सारे दूतावासों के अधिकारियों को देश छोड़ने का आदेश दे दिया गया।

फरवरी 1986 में कूमर ने अपना जुर्म कबूल कर लिया और साल

2002 में आए फैसले में 13 लोग दोषी पाए गए। मानेकलाल कंपनी के मैनेजिंग डायरेक्टर योगेश मानेकलाल को सबसे ज्यादा 14 साल के सश्रम कारावास की सजा सुनाई गई थी, बाकी 12 लोगों को 10 साल की सजा दी गई थी। जबकि कूमर की न्यायिक प्रक्रिया के दौरान ही साल 2000 में मौत हो गई थी।

□

उम्रकैद

इस सामूहिक हत्याकांड में सजायाफ्ता अशोक सिंह चंदेल ने बचने के लिए अपनी पूरी राजनीतिक ताकत झोंक दी। मामले की सुनवाई के दौरान कई उलटफेर हुए, जिसमें दो अतिरिक्त जिला न्यायाधीशों का बरखास्त होना भी शामिल था।

उत्तर प्रदेश में राजनीति और वर्चस्व की जंग में कई लोगों की जान गई। इन सबके बीच हमीरपुर का एक सामूहिक हत्याकांड भी शामिल है, जिसमें पाँच लोगों की भरे बाजार गोली मारकर हत्या कर दी गई थी। इस हत्याकांड में राजनीति में मजबूत पकड़वाले अशोक सिंह चंदेल का नाम सामने आया था। जिनकी हत्या हुई, उनमें से राजेश शुक्ल अशोक चंदेल के राजनीतिक प्रतिद्वंद्वी थे।

हमीरपुर जिले में करीब 40 सालों तक राजनीति करनेवाले अशोक सिंह चंदेल कानपुर देहात के नसनिया गाँव के रहनेवाले हैं। पहले कभी कानपुर में छात्र संघ के अध्यक्ष रहे थे, लेकिन 1980 के दौर में कानपुर के किदवई नगर में राजनीति करनेवाले चंदेल हमीरपुर की तरफ बढ़ गए। इसके बाद उन्होंने पहला चुनाव 1989 में निर्दलीय जीता। 1991 में राजद के टिकट पर चुनाव लड़ा, लेकिन हार गए, हालाँकि 1993 में जनता दल के टिकट पर चुनाव जीत गए।

अशोक चंदेल साल 1996 में फिर से चुनाव हारे, लेकिन 1999 के

चुनावों में वे पहली बार जेल में रहते हुए बसपा के टिकट पर सांसद बने। फिर 2007 में सपा के टिकट पर चुनाव जीता। साल 2017 में चंदेल भाजपा के टिकट पर भी चुनाव जीते, लेकिन हत्या के मामले में दोषी साबित होने के बाद उन्हें भाजपा से बाहर कर दिया गया था। हालाँकि साल 1997 में हमीरपुर में हुआ हत्याकांड अशोक सिंह चंदेल के राजनीतिक सफर में काला धब्बा रहा।

साल था 1997 और तारीख 26 जनवरी थी, यानी देश में गणतंत्र दिवस का दिन था। शाम 7:30 बजे सुभाष नगर के बाजार में चंदेल के राजनीतिक प्रतिद्वंद्वी राजेश शुक्ल भी अपने बेटों, भतीजों व दो और लोगों के साथ बैठे हुए थे। वहीं, अशोक चंदेल भी बाजार में अपने सहयोगी नसीम की बंदूक की दुकान में बैठे हुए थे। थोड़ी देर में राकेश के भाई राजीव गाड़ी से पहुँचे तो सँकरी गली में सब्जी की गाड़ी भी मौजूद थी।

साल था 1997 और तारीख 26 जनवरी थी, यानी देश में गणतंत्र दिवस का दिन था। शाम 7:30 बजे सुभाष नगर के बाजार में चंदेल के राजनीतिक प्रतिद्वंद्वी राजेश शुक्ल भी अपने बेटों, भतीजों व दो और लोगों के साथ बैठे हुए थे। वहीं, अशोक चंदेल भी बाजार में अपने सहयोगी नसीम की बंदूक की दुकान में बैठे हुए थे।

सब्जी की गाड़ी को हटाने के चक्कर में ही दोनों पक्षों के बीच कहासुनी हुई और अशोक सिंह चंदेल ने अपने साथियों के साथ फायरिंग शुरू कर दी। ताबड़तोड़ फायरिंग के बीच राकेश शुक्ल समेत तीन लोगों की मौके पर ही मौत हो गई, जबकि दो अन्य को अस्पताल में मृत घोषित कर दिया गया। 26 जनवरी के दिन सुभाष नगर के बाजार में लाशें बिछ चुकी थीं। घटना में राकेश के भाई और चश्मदीद गवाह राजीव ने अशोक सिंह चंदेल के अलावा 10 लोगों पर केस दर्ज कराया।

मामले में काररवाई हुई, एक साल तक फरार रहने के बाद 1998 में

चंदेल ने आत्मसमर्पण किया, पर उन्हें तत्कालीन ए.डी.जे. ने जमानत दे दी। मामले में शिकायत के बाद तत्कालीन ए.डी.जे. आर.बी. लाल को निलंबित कर दिया गया। फिर साल 2002 में अशोक सिंह चंदेल के साथ बाकी आरोपी आरोप मुक्त हो गए। तत्कालीन ए.डी.जे. अश्विनी कुमार ने इस हत्याकांड में एफ.आई.आर. में देरी के साथ फॉरेंसिक रिपोर्ट को संदेहास्पद मानते हुए सभी को बरी कर दिया।

हालाँकि जब मामले ने तूल पकड़ा तो चश्मदीद गवाह राजीव हाई कोर्ट पहुँचे। राजीव ने दलील दी कि तत्कालीन ए.डी.जे. रहे अश्विनी कुमार ने कानूनी प्रक्रिया का दुरुपयोग किया और बिना किसी उचित आधार के आरोपी को बरी कर दिया। 2013 में अश्विनी कुमार को सेवा से बरखास्त कर दिया गया। कई सालों तक चले इस मुकदमे में 19 अप्रैल, 2019 को इलाहाबाद हाई कोर्ट ने सेशन कोर्ट को गलत मानते हुए अशोक सिंह चंदेल सहित सभी आरोपियों को दोषी करार देते हुए उम्रकैद की सजा सुनाई थी।

□

काजल हत्याकांड

गोरखपुर के काजल हत्याकांड को अंजाम देनेवाला गैंगस्टर कई मामलों में वांछित था। हत्याकांड के बाद गुस्साए लोगों का कहना था कि यदि शासन-प्रशासन ने समय रहते काररवाई की होती तो यह सब न होता।

साल था 2021 और महीना था अगस्त। 20 अगस्त की रात गोरखपुर के गगहा इलाके में रहनेवाले राजीव नयन सिंह का परिवार सोने की तैयारी कर रहा था। तभी रात में करीबन 11:30 बजे विजय प्रजापति नाम का एक शख्स राजीव के घर पर आ धमका। विजय के साथ उसके चार और साथी राजीव के घर के बाहर मौजूद थे।

दरअसल, बाँसगाँव कचहरी में चतुर्थ श्रेणी के कर्मचारी राजीव नयन सिंह का विजय से पैसों के लेन-देन का विवाद था। 20 अगस्त की रात चार साथियों के साथ राजीव के घर पहुँचे विजय ने दरवाजा खटखटाया। थोड़ी देर बाद जैसे ही राजीव नयन सिंह घर से बाहर आया तो चारों ने मिलकर उसके साथ मारपीट शुरू कर दी।

मारपीट के बाद मची चीख-पुकार के बीच राजीव के परिजन भी बाहर आ गए, साथ ही राजीव की बेटी काजल घटना का वीडियो अपने मोबाइल में रिकॉर्ड करने लगी। यह देखते ही विजय प्रजापति गुस्से में आ गया और मोबाइल छीनने के लिए उसके पीछे भागा और फिर उसके पेट में गोली मार दी। गोली की आवाज सुनकर जहाँ लोग घटनास्थल की ओर भागे, वहीं

विजय प्रजापति भी अपने साथियों के साथ भाग खड़ा हुआ।

घटना की सूचना पर मौके पर पहुँची पुलिस घायल काजल को लेकर स्वास्थ्य केंद्र पहुँची, जहाँ से उसे जिला अस्पताल भेज दिया गया। हालत ज्यादा बिगड़ने पर काजल को लखनऊ मेडिकल कॉलेज ले जाया गया। यहाँ डॉक्टरों ने काजल का ऑपरेशन किया, पर पेट में फँसी गोली निकाली नहीं जा सकी और 25 अगस्त को उसकी मौत हो गई।

गोरखपुर में हुए इस हत्याकांड को अंजाम देनेवाला विजय प्रजापति वांछित गैंगस्टर था। उस पर 8 मामले संगीन जुर्म के तहत दर्ज थे। इस कांड के बाद विजय और उसके साथ अंडरग्राउंड हो गए, तब प्रशासन ने इन पर इनामी राशि की घोषणा भी कर दी। जनता के भारी दबाव और विरोध के बीच 9 सितंबर को 1 लाख के इनामी विजय प्रजापति को पुलिस व 'स्वात टीम' ने एक एनकाउंटर में मार गिराया।

विजय प्रजापति पर हरियाणा, देहरादून, बाराबंकी और गोरखपुर में हत्या, लूट सहित कई मामलों में केस दर्ज थे। गगहा इलाके में जब पुलिस मुठभेड़ में वह मारा गया तो उसके पास से 2 पिस्टल, एक बाइक और सी.बी.आई. का फर्जी आईकार्ड बरामद हुआ था। पुलिस के मुताबिक वह फर्जी अधिकारी बनकर भी वारदात को अंजाम देता था।

□

चुनावी रंजिश और कत्ल

बसपा विधायक राजू पाल के हत्याकांड की कहानी, जिसने यू.पी. की राजनीति में बवंडर ला दिया था। इलाहाबाद शहर पश्चिम की सीट पर हुए उप-चुनाव में राजू पाल ने अतीक के भाई अशरफ को चुनाव में हरा दिया था। माना जाता है कि तभी से वह बाहुबली अतीक अहमद का सबसे बड़ा दुश्मन हो गया था।

उत्तर प्रदेश में राजनीतिक प्रतिस्पर्धा में कई लोगों की जान गई, इनमें से एक नाम इलाहाबाद शहर पश्चिमी से बसपा विधायक राजू पाल का नाम भी शामिल है। इलाहाबाद (अब प्रयागराज) में दिनदहाड़े हुए हत्याकांड ने यू.पी. की सियासत में हड़कंप मचा दिया था। माना जाता है कि इसी हत्याकांड ने बाहुबली अतीक अहमद के सियासी सफर पर ब्रेक लगा दिया था।

साल 2005, तारीख 25 जनवरी। एक दिन बाद देश भर में गणतंत्र दिवस मनाए जाने के चलते पूरा शहर तिरंगे झंडों से पटा पड़ा था। इसी दिन इलाहाबाद शहर पश्चिमी से बसपा विधायक राजू पाल दोपहर तीन बजे के करीब स्वरूप रानी नेहरू हॉस्पिटल से वापस आ रहे थे। राजू पाल अपनी क्वालिस गाड़ी से थे, जबकि दूसरी स्कॉर्पियो गाड़ी में ड्राइवर महेंद्र, ओमप्रकाश के साथ चार अन्य लोग थे।

क्वालिस चला रहे राजू पाल के साथ वाली सीट पर उनके दोस्त की पत्नी रुखसाना बैठी थी, जिन्हें चौफटका के पास से राजू ने गाड़ी में बैठाया

था। इसके अलावा, राजू के साथ संदीप यादव व देवीलाल भी गाड़ी में पीछे बैठे हुए थे। दोनों गाड़ियाँ सुलेमसराय जी.टी. रोड पर अमित दीप मोटर्स के सामने पहुँची ही थीं कि एक गाड़ी राजू पाल की गाड़ी के आगे आ गई।

फिल्मी अंदाज में अचानक सामने आई गाड़ी से सँभलने का मौका मिलता कि इससे पहले ही सामने का शीशा चीरते हुए एक गोली राजू पाल के सीने में जा लगी। एक ही पल में पाँच हथियारबंद सामनेवाली गाड़ी से बाहर आए और फायरिंग शुरू कर दी। तीन लोग राजू की गाड़ी पर ताबड़तोड़ गोली बरसा रहे थे, जबकि दो हमलावर पीछे वाली स्कॉर्पियो पर फायर झोंक रहे थे।

फिल्मी अंदाज में अचानक सामने आई गाड़ी से सँभलने का मौका मिलता कि इससे पहले ही सामने का शीशा चीरते हुए एक गोली राजू पाल के सीने में जा लगी। एक ही पल में पाँच हथियारबंद सामनेवाली गाड़ी से बाहर आए और फायरिंग शुरू कर दी।

दिनदहाड़े गोलियों की बौछार देख घटनास्थल पर मौजूद लोग बचने के लिए दूसरी तरफ भागे तो वहीं थोड़ी दूर मौजूद लोग गाड़ियों की तरफ भागे। इसी बीच ही हमलावर फरार हो गए। इसके बाद धूमनगंज पुलिस स्टेशन से पुलिस बल के अलावा कई अफसर मौके पर पहुँचे। राजू पाल को ऑटो में हॉस्पिटल ले जाया गया, जहाँ डॉक्टरों ने राजू पाल को मृत घोषित कर दिया।

जब शव का पोस्टमार्टम हुआ तो राजू पाल के शरीर से करीब डेढ़ दर्जन गोलियाँ निकाली गईं। उनकी गाड़ी में बैठे संदीप यादव और देवीलाल की भी मौत हो गई। दिनदहाड़े हुए इस सनसनीखेज हत्याकांड ने पूरे प्रदेश को हिलाकर रख दिया। इसके बाद मामले में राजू पाल की पत्नी पूजा ने तत्कालीन सांसद अतीक अहमद, उनके भाई अशरफ व तीन अन्य के खिलाफ गंभीर धाराओं में केस दर्ज कराया था।

इस हत्याकांड के पीछे की कहानी यह थी कि जब अतीक अहमद

सांसद बना तो शहर पश्चिम की सीट खाली हो गई। उप-चुनाव हुआ तो अतीक के भाई अशरफ को राजू पाल ने चुनाव में हरा दिया। बस यहीं से झगड़े की नींव पड़ी, हालाँकि राजू पाल पर दो बार पहले भी जानलेवा हमला हो चुका था। बता दें कि हत्या से 10 दिन पहले ही राजू पाल की शादी पूजा पाल से हुई थी।

पूजा पाल बाद में इसी सीट से 2007 और 2012 में विधायक भी बनी थीं। पूजा इस बार भी 2022 में कौशांबी की चायल सीट से सपा की प्रत्याशी थीं। हालाँकि आज तक इस सनसनीखेज हत्याकांड में फैसला नहीं सुनाया जा सका है।

□

सोनम को मार दिया

साल 2011 में उत्तर प्रदेश में बसपा की सरकार में मायावती मुख्यमंत्री थीं। इसी साल जून की चिलचिलाती गरमी के बीच लखीमपुर खीरी में हुए एक हत्याकांड ने सियासी गरमी को और बढ़ा दिया। इस हत्याकांड में सोनम नाम की लड़की की लाश थाने के अंदर एक पेड़ से लटकती मिली थी। थाने के अंदर हुए इस कांड से तत्कालीन यू.पी. सरकार के साथ केंद्र में भी हलचल शुरू हो गई थी।

यू.पी. में जनता के अलावा अधिकारी भी मानते थे कि मायावती किसी भी हीला-हवाली पर सख्त कदम उठाती थीं। ऐसे में 10 जून, 2011 को खीरी जिले के निघासन थाने में हुए इस कांड के बाद अधिकारियों पर गाज गिरनी तय थी। साल भर बाद पार्टी को विधानसभा चुनाव में उतरना था, सरकार प्रशासनिक तौर पर सख्त रवैए वाली थी; लेकिन इतने बड़े कांड ने कई सवाल खड़े कर दिए।

निघासन में हुए सोनम हत्याकांड में 10 जून, 2011 को एफ.आई.आर. दर्ज हुई। माँ तरन्नुम ने आरोप लगाया कि उनकी बेटी सोनम भैंस चराने गई थी। भैंस के पीछे-पीछे चलते सोनम थाने के अंदर चली गई। काफी देर के बाद जब सोनम वापस नहीं आई तो वे खोजते हुए थाना परिसर के अंदर चली गईं। जहाँ उन्हें अपनी बेटी की लाश पेड़ से लटकती मिली और उसके शरीर पर कई जगह चोट के निशान भी थे।

मामले में हत्या व दुष्कर्म का केस दर्ज कर शव को पोस्टमार्टम के लिए भेज दिया जाता है। वहीं दूसरी तरफ जिले के कई सपा नेता धरने पर बैठ गए और फिर आनन-फानन में तत्कालीन एस.ओ. समेत 11 पुलिसकर्मियों को सस्पेंड कर दिया गया। मामले में तत्कालीन कैबिनेट सचिव शशांक शेखर ने बताया था कि आरोपी कांस्टेबल अतीक अहमद ने पीड़िता के साथ रेप की कोशिश की थी, जिसे शोर मचाने के चलते गला घोंटकर मार दिया था।

मामले में 11 जून को जब पोस्टमार्टम रिपोर्ट आई तो कहा गया कि लड़की की मौत फाँसी से दम घुटने पर हुई। दुष्कर्म के दावे पर परिजनों के विरोध के बाद, सरकार ने दूसरे पोस्टमार्टम का आदेश दिया था, जिसमें कहा गया कि उसकी मौत गला घोंटने से हुई है। हालाँकि दोनों रिपोर्ट में बलात्कार की पुष्टि नहीं हुई थी।

मामले में 11 जून को जब पोस्टमार्टम रिपोर्ट आई तो कहा गया कि लड़की की मौत फाँसी से दम घुटने पर हुई। दुष्कर्म के दावे पर परिजनों के विरोध के बाद, सरकार ने दूसरे पोस्टमार्टम का आदेश दिया था, जिसमें कहा गया कि उसकी मौत गला घोंटने से हुई है। हालाँकि दोनों रिपोर्ट में बलात्कार की पुष्टि नहीं हुई थी।

इस खौफनाक मामले ने जब राजनीतिक तूल पकड़ा तो कांग्रेस नेता राहुल गांधी, भाजपा से उमा भारती, राजनाथ सिंह, सपा से आजम खान भी पीड़ित परिवार से मिलने पहुँचे। भारी दबाव और विरोध के चलते मामले की जाँच सी.बी.आई. को सौंप दी गई, जिसमें विशेष न्यायाधीश ने तत्कालीन सी.ओ. इनायत उल्ला खाँ को सबूत मिटाने और कांस्टेबल अतीक अहमद को हत्या व सबूत मिटाने का दोषी पाया।

इस मामले में कोर्ट ने साल 2020 में तत्कालीन सी.ओ. इनायत उल्ला खाँ को पाँच साल के कठोर कारावास की सजा सुनाई तो वहीं कांस्टेबल

अतीक अहमद को उम्रकैद की सजा सुनाई गई। जबकि दो अन्य आरोपित सिपाहियों—शिव कुमार व उमाशंकर को सबूतों के अभाव में बरी कर दिया गया।

वहीं इस मामले में हत्या को आत्महत्या का रूप देनेवाली पहली पोस्टमार्टम रिपोर्ट बनानेवाले तीन डॉक्टरों को भी साल 2018 में सी.जे.एम. कोर्ट से सजा मिली।

□

अहमदाबाद ब्लास्ट

26 जुलाई, 2008 को अहमदाबाद में सीरियल बम ब्लास्ट हुए, जिन्होंने गुजरात सहित पूरे देश को हिलाकर रख दिया। इन सीरियल बम ब्लास्ट के बाद आई.बी. और रॉ जैसी एजेंसियों को भी कुछ सूझ नहीं रहा था। तब मुंबई पुलिस के एक इंस्पेक्टर ने कार चोरों का पीछा करते-करते इंडियन मुजाहिदीन को बेनकाब कर दिया। फिलहाल रिटायर हो चुके अरुण चव्हाण को इस केस की कमान क्राइम ब्रांच के तत्कालीन चीफ राकेश मारिया ने दी थी।

मारिया को पता चला था कि हमले में इस्तेमाल की गई कारें नवी मुंबई से चोरी की गई थीं। चव्हाण कार चोरी से जुड़े मामलों को सुलझाने के एक्सपर्ट माने जाते थे। चव्हाण ने केस की कमान मिलने के बाद दो ऐसे लोगों का पीछा किया, जिन्होंने 1 माह के भीतर दो वाहन चोरी किए थे। उन्होंने इंस्पेक्टर को बताया कि वे अफजल उस्मानी के इशारे पर ये काम कर रहे थे। चव्हाण ने उस्मानी को उसी साल अगस्त में यू.पी. के मऊ से अरेस्ट किया।

उस्मानी ने पूछताछ के दौरान मुजाहिदीन के दूसरे लोगों, जैसे—रियाज भटकल, सादिक शेख, आरिफ बदर के बारे में बताया। उसने दिल्ली में आई.एम. के एक ग्रुप की भी जानकारी दी। इसके बाद ही बाटला हाउस एनकाउंटर हुआ। आई.बी. के एक पूर्व अधिकारी ने कहा था कि तब तक सभी अँधेरे में टटोल रहे थे। अगर चव्हाण नहीं होते तो हमें नहीं पता होता

कि आई.एम. वास्तव में क्या है? चव्हाण ने कहा कि हमारे प्रयासों के परिणामस्वरूप मामला तार्किक निष्कर्ष पर पहुँचा। ज्यादातर बड़े मसलों-मुद्दों को वास्तव में छोटी-छोटी कड़ियाँ जोड़कर ही हल किया जाता है।

हालाँकि चव्हाण की लीड से पहले गुजरात के सबसे बड़े बम धमाके की जाँच के लिए पाँच राज्यों की पुलिस जुटी थी। राजस्थान, मध्य प्रदेश, दिल्ली, महाराष्ट्र, कर्नाटक की पुलिस ने कई शहरों में छापे मारे थे। आतंकी संगठन इंडियन मुजाहिदीन ने कुछ मीडिया संस्थानों में इ-मेल भेजकर इस हमले की जिम्मेदारी ली थी। इसमें दावा किया गया था कि यह गोधरा दंगों और 1992 के बाबरी मसजिद विध्वंस का बदला है।

चव्हाण की लीड से पहले गुजरात के सबसे बड़े बम धमाके की जाँच के लिए पाँच राज्यों की पुलिस जुटी थी। राजस्थान, मध्य प्रदेश, दिल्ली, महाराष्ट्र, कर्नाटक की पुलिस ने कई शहरों में छापे मारे थे। आतंकी संगठन इंडियन मुजाहिदीन ने कुछ मीडिया संस्थानों में इ-मेल भेजकर इस हमले की जिम्मेदारी ली थी।

गौरतलब है कि 26 जुलाई, 2008 को अहमदाबाद में एक के बाद एक सिलसिलेवार 21 धमाके हुए। इस केस में 13 साल बाद, सन् 2022 में सजा का एलान हुआ। कोर्ट ने 38 आरोपियों को फाँसी की सजा सुनाई, जबकि 11 आरोपियों को उम्रकैद की सजा सुनाई गई। कुल 7,015 पेज का फैसला आया। इससे पहले सेशन कोर्ट ने 49 आरोपियों को दोषी करार दिया था। अदालत ने 77 में से 28 आरोपियों को बरी कर दिया।

□

जिमखाना शूटआउट

गुजरात के सबसे बड़े शराब माफिया अब्दुल लतीफ का दबदबा सूबे में ऐसा था कि उसके नाम से बड़े-बड़े काँपते थे। राजस्थान की कई शराब फैक्टरियों और अपराधियों के नेटवर्क ने उसे इस धंधे का सबसे रईस आदमी बना दिया था। इसके अलावा, उसकी राजनीतिक पकड़ भी मजबूत थी। लतीफ के जीवन में कई ऐसे मसले थे, जो उसके गले की फाँस बन गए थे।

अब्दुल लतीफ की जिंदगी में 3 अगस्त, 1992 की तारीख बड़ी अहम रही। लतीफ ने इस तारीख को अपने गुर्गों की मदद से अहमदाबाद के राधिका जिमखाना में गुजरात के अन्य शराब माफिया हंसराज त्रिवेदी पर गोलियाँ बरसा दी थीं। राधिका जिमखाना शूटआउट ने गुजरात समेत पूरे देश में हड़कंप मचा दिया। उस वक्त अब्दुल लतीफ शराब के कारोबार में एकच्छत्र राज कर रहा था।

लतीफ के अलावा हंसराज भी गुजरात में शराब व जुए के कारोबार में था। पहले तो उसने लतीफ से शराब खरीदने से मना कर दिया, फिर उसने लतीफ के दुश्मन शहजादा के एक शार्प शूटर को शरण दे दी। बस इन्हीं बातों ने अब्दुल लतीफ को गुस्सा दिला दिया था। इसके बाद उसने हंसराज को खत्म करने की योजना बनाई। इसी बीच उसे पता चला कि हंसराज त्रिवेदी अहमदाबाद के औढव इलाके के राधिका जिमखाना क्लब में अपने साथियों

के साथ मौजूद है।

अब्दुल लतीफ ने अपने शूटरों को प्लान बताया और राधिका जिमखाना क्लब जाने के लिए कह दिया। इस घटना में लतीफ ने अपने खास शूटर शरीफ खान को काम पर भेजा था। क्लब के अंदर हंसराज अपने आठ साथियों के साथ ताश खेल रहा था। क्लब में बैठे लोगों में शरीफ खान हंसराज को पहचान नहीं पाया। ऐसे में उसने क्लब से ही लतीफ को फोन लगाया तो उसने सभी को मारने का आदेश दे दिया।

लतीफ का हुक्म मिलते ही शरीफ खान ने शूटरों के साथ मिलकर सभी नौ लोगों के ऊपर अत्याधुनिक हथियारों से गोलियाँ बरसा दीं। गुजरात की इस घटना में क्लाशनिकोव राइफल का इस्तेमाल किया गया था। अब्दुल लतीफ के इस कारनामे ने पूरे देश को हिलाकर रख दिया।

लतीफ का हुक्म मिलते ही शरीफ खान ने शूटरों के साथ मिलकर सभी नौ लोगों के ऊपर अत्याधुनिक हथियारों से गोलियाँ बरसा दीं। गुजरात की इस घटना में क्लाशनिकोव राइफल का इस्तेमाल किया गया था। अब्दुल लतीफ के इस कारनामे ने पूरे देश को हिलाकर रख दिया।

घटना के बाद गुजरात पुलिस अब्दुल लतीफ के पीछे पड़ गई और वह अंडरग्राउंड हो गया। पुलिस की पहुँच से दूर रहते हुए उसने अपने कई राजनीतिक सहयोगियों से मदद माँगी, लेकिन किसी ने उसका साथ नहीं दिया। इसी बीच अब्दुल लतीफ को दाऊद इब्राहिम का आदेश मिला कि वह दुबई आ जाए। उसने वैसा ही किया। दुबई के बाद लतीफ कई साल तक पाकिस्तान में भी रहा, फिर 1995 में दिल्ली से उसे गिरफ्तार किया गया। उस पर केस चला और जेल हुई।

□

चमकीला मर्डर मिस्ट्री

देश में कुछ ऐसे जाने-माने गायक होते हैं, जिनके लोग दीवाने हो जाते हैं। इन्हीं में से एक नाम पंजाब के मशहूर गायक अमर सिंह चमकीला का रहा है। अमर सिंह देश के अलावा विदेशों में भी अपनी गायकी और स्टेज परफॉरमेंस के लिए जाने जाते थे। कहा जाता है, उनकी यही दीवानगी और सच्चाई से भरपूर गाने उनकी मुसीबत बन गए। इसलिए आज तक अमर सिंह चमकीला की मौत एक अनसुलझी गुत्थी सी है।

अमर सिंह चमकीला का जन्म 21 जुलाई, 1960 को लुधियाना के पिंड डुगरी में हुआ। अमर सिंह चमकीला का असली नाम धनी राम था। अमर जब थोड़ा बड़ा हुआ तो पाया कि परिवार की आर्थिक हालत खराब है। ऐसे में वह कपड़े की मिल में काम करने लगा। बचपन से ही संगीत से लगाव था, तो काम के बीच हारमोनियम और ढोलक बजाना सीख लिया। कपड़ा मिल में नौकरी करते-करते वह गाने लिखने लगा।

अमर सिंह चमकीला खुद गाने लिखता और तुंबी (एक वाद्ययंत्र) के सहारे धुन देता। थोड़े दिनों बाद वह पंजाबी सिंगर सुरिंदर शिंदा के संपर्क में आया तो उनके लिए गाने लिखने लगा। 18 साल की उम्र में अमर सिंह के गाने लोगों को पसंद आने लगे, लेकिन उसकी आमदनी वैसी ही रही। फिर अमर सिंह ने खुद बड़ी मशक्कत के बाद गाना गाया और गाने के बोल में पंजाब की समस्याओं को भी बतलाया।

'80 का दशक आते-आते उसे कुछ साथी मिले, जिनके साथ अमर सिंह स्टेज शो करने लगा। कुछ सालों के संघर्ष के बाद अमर सिंह के गानों में पंजाब की सच्चाई दिखी तो लोग उससे जुड़े और कुछ उससे नाराज भी हुए। दरअसल, अमर सिंह अपने गानों में पंजाब में बढ़ती हिंसा, नशे के कारोबार, घरेलू हिंसा जैसे मुद्दों को भी उठाता था। देखते-ही-देखते अमर सिंह ने गुरदास मान, सुरिंदर शिंदा और कुलदीप मानक जैसे गायकों को पीछे छोड़ दिया।

साल 1980 में स्टेज शो में अमर सिंह को साथ मिला अमरजोत कौर का, जिसके साथ वह गाने तो गाता ही, बल्कि बीच-बीच में हँसी-मजाक और पुरुषों पर कटाक्ष भी करता। बाद में यही अमरजोत चमकीला की पत्नी भी बनी। बताते हैं कि इन कुछ सालों में उसने कई जगह ढेर सारे शो किए और बढ़िया गानों के चलते अमर सिंह पंजाब का चमकीला सितारा हो गया। फिर यहीं से उसे 'अमर सिंह चमकीला' के नाम से जाना जाने लगा।

साल 1980 में स्टेज शो में अमर सिंह को साथ मिला अमरजोत कौर का, जिसके साथ वह गाने तो गाता ही, बल्कि बीच-बीच में हँसी-मजाक और पुरुषों पर कटाक्ष भी करता। बाद में यही अमरजोत चमकीला की पत्नी भी बनी। बताते हैं कि इन कुछ सालों में उसने कई जगह ढेर सारे शो किए और बढ़िया गानों के चलते अमर सिंह पंजाब का चमकीला सितारा हो गया।

दूसरी तरफ, पंजाब में आतंकवाद का दौर था। इंदिरा गांधी द्वारा चलाए गए ऑपरेशन ब्लू स्टार के बाद पुलिस की सख्ती थी। हालाँकि इस बीच अमर सिंह ने कई स्टेज शो किए, जहाँ भारी भीड़ भी जुटी। उस दौर में अमर सिंह चमकीला मशहूर गायक के अलावा गीतकार, संगीतकार सबकुछ था। साथ ही चमकीला और अमरजोत की जोड़ी ने जो गाने लिखे और गाए, वे उस वक्त के पंजाब के मुद्दों से जुड़े तो थे ही, बल्कि समाज की बुराइयों पर भी सटीक बैठते थे।

कई बार अमर सिंह चमकीला के गाने विवादों में भी घिरे और माना जाता है कि यही गाने उनकी मौत के कारण भी बने। चमकीला को कई बार उग्रवादी संगठनों द्वारा धमकी भी मिली। चमकीला ने 9 साल गायकी की दुनिया में बिताए और जब 8 मार्च, 1988 को वह पत्नी अमरजोत व साथियों के साथ जालंधर के महसामपुर में कार्यक्रम के लिए पहुँचे, तभी कुछ युवकों ने गोली मारकर उनकी हत्या कर दी और फरार हो गए।

अमर सिंह और अमरजोत की हत्या किस कारण की गई, इसके पीछे कई दावे हुए कि उग्रवादियों का हाथ हो सकता है! फिर कुछ ने माना कि शायद प्रतिद्वंद्वी गायकों ने मरवाया हो, तो वहीं कुछ ने चमकीला के प्रेम विवाह को इसका कारण बताया। हालाँकि आज तक इस हत्याकांड के एक भी आरोपी नहीं पकड़े गए और यह कांड मर्डर मिस्ट्री में तब्दील हो गया।

□

डॉन लतीफ की कहानी

गुजरात में रहनेवाला एक शख्स, जो बचपन में गरीबी में पला-बढ़ा और फिर जब 12वीं में स्कूल छूटा तो अवैध शराब के धंधे में उतर गया। आनेवाले सालों में उसने इस गैर-कानूनी धंधे में महारत हासिल कर ली और गुजरात का सबसे बड़ा शराब माफिया बन गया। यह कोई और नहीं, बल्कि गुजरात का दाऊद कहे जानेवाले अब्दुल लतीफ की कहानी है।

गुजरात में साल 1951 में जनमा अब्दुल लतीफ आठ भाई-बहनों के साथ बड़ा हुआ। थोड़ा बड़ा हुआ तो परिवार ने स्कूल भेजा और उसने 12वीं तक पढ़ाई की। इसके बाद लतीफ का स्कूल छूट गया और वह छोटे-मोटे अपराधियों के संपर्क में आ गया, जो अवैध शराब के धंधे में थे। थोड़े ही दिनों में अब्दुल लतीफ भी अवैध शराब बेचनेवालों के यहाँ काम करने लगा, लेकिन पिता ने उसे घर से निकाल दिया।

कुछ सालों तक दूसरों के साथ काम करनेवाले लतीफ ने अब खुद से अवैध शराब का धंधा शुरू कर दिया। इस दौरान 1971 में उसने अकिला बानो से शादी भी की। 1977-78 में उसने राजस्थान और उदयपुर में चलनेवाली शराब भट्ठियों में पैसा लगाया और थोड़े ही दिनों में वह गुजरात का सबसे बड़ा शराब माफिया बन गया। इस धंधे में बादशाहत बनाने के बाद उसके कई बड़े अपराधियों से संपर्क भी स्थापित हो गए।

इस दौरान उसे असामाजिक गतिविधियों में शामिल होने के चलते

'कोफेपोसा एक्ट' के तहत जेल भेज दिया गया। वहीं राजनीति का कीड़ा लतीफ का पीछा नहीं छोड़ रहा था। ऐसे में साल 1986-87 में होनेवाले गुजरात के नगरपालिका चुनावों में पाँच सीटों से जेल में रहते हुए उसने चुनाव लड़ा। अब्दुल लतीफ का दबदबा ऐसा था कि उसने सभी पाँच सीटों (कालूपुर, शाहपुर, दरियापुर के साथ जमालपुर और राखांड) से चुनाव जीत लिया।

चुनाव जीतने के बाद उसने जमानत के लिए सुप्रीम कोर्ट का दरवाजा खटखटाया और बाहर आ गया। लतीफ के करीबियों का मानना था कि उसके लिए लोगों में डर के साथ-साथ प्यार भी था। उस जमाने में लतीफ फिएट कार में चलता था। वह सिगरेट का शौकीन माना जाता था। साल 1990 में लतीफ का संपर्क दाऊद इब्राहिम से हुआ।

चुनाव जीतने के बाद उसने जमानत के लिए सुप्रीम कोर्ट का दरवाजा खटखटाया और बाहर आ गया। लतीफ के करीबियों का मानना था कि उसके लिए लोगों में डर के साथ-साथ प्यार भी था। उस जमाने में लतीफ फिएट कार में चलता था। वह सिगरेट का शौकीन माना जाता था। साल 1990 में लतीफ का संपर्क दाऊद इब्राहिम से हुआ।

मुंबई बम धमाकों से पहले दाऊद इब्राहिम ने साल 1992 में पोरबंदर में अत्याधुनिक हथियारों और विस्फोटकों की भारी खेप पाकिस्तान से मँगवाई। ऐसे में लतीफ की जिम्मेदारी थी कि वह इन हथियारों को सुरक्षित मुंबई पहुँचाए। बाद में 1993 के बम धमाकों में इन्हीं सब हथियारों का प्रयोग किया गया और यहीं से लतीफ की जिंदगी ने करवट ले ली।

अब्दुल लतीफ को टाडा और रासुका में नामजद किया गया, लेकिन वह गिरफ्तारी से पहले ही विदेश फरार हो गया। साल 1995 में वह पाकिस्तान के रास्ते अहमदाबाद आया और दिल्ली में छिपकर रहने लगा। हालाँकि थोड़े

दिनों में उसे गुजरात ए.टी.एस. ने पकड़ लिया और फिर दो साल साबरमती जेल में रहा। हालाँकि वह जेल के अंदर से अपने पूरे नेटवर्क को चलाता रहा।

29 नवंबर, 1997 को जेल में बंद लतीफ को पूछताछ के लिए बाहर लाया गया। पुलिस के मुताबिक, पूछताछ के बाद उसे वापस ले जाया जा रहा था, तभी उसने पेशाब का बहाना करके भागने की कोशिश की। इसी दौरान हुई फायरिंग में अब्दुल लतीफ मारा गया।

□

मिर्ची गैंग

यू.पी. में वैसे तो कई बाहुबली हुए, लेकिन पश्चिमी यू.पी. में जब अपराधी पनपने शुरू हुए तो मामला नहीं थमा। अभी भी कई अपराधी हैं, जिनका इन इलाकों में खौफ है और कुछ तो ऐसे हैं, जिनके जेल में बंद होने के बावजूद आतंक बरकरार है। इन्हीं में से एक नाम हापुड़ के आशु जाट का है। फिलहाल आशु जाट जेल में बंद है, लेकिन 'मिर्ची गैंग' का यह सरगना भेस बदलने में माहिर बताया जाता है।

हापुड़ के रहनेवाले आशु जाट ने अपने भाई भोला की राह पर चलते हुए छोटी उम्र में ही आपराधिक वारदातों को अंजाम देना शुरू कर दिया था। भाई भोला पहले लूटपाट और डकैती में शामिल था, लेकिन जब उसने 'मिर्ची गैंग' बनाई तो इलाके में धाक जमा ली। जब भोला जेल गया तो आशु जाट गैंग का सरगना बन गया। इस गैंग का नाम 'मिर्ची' कुछ यूँ पड़ा कि भोला या आशु से जुड़े बदमाश वारदात के समय आँखों में मिर्ची झोंककर फरार हो जाते थे।

पुलिस रिकॉर्ड के मुताबिक, आशु जाट को ही मिर्ची गैंग का सरगना माना गया है। हालाँकि पुलिस डोजियर में इस गैंग को 'डी-112 गैंग' के नाम से दर्ज किया गया और इस गैंग में करीबन 90 बदमाश शामिल हैं। वहीं माना जाता है कि यह वे बदमाश हैं, जिन्होंने पकड़े जाने पर अपने गैंग का खुलासा किया, बाकी बदमाशों की संख्या तो सैकड़ों में है।

साल 2009 में आशु जाट को माफिया उमेश भाई दलवीर का साथ मिला। इन दोनों की मुलाकात डासना जेल में हुई थी। जब ये बाहर आए तो ताबड़तोड़ लूट व हत्याओं को अंजाम दिया। इसमें 2019 में नोएडा के गौरव चंदेल के साथ लूटपाट, हत्या और सॉफ्टवेयर इंजीनियर गौरव सिंह के साथ लूटपाट व चाकू से हाथ काट देने की घटना शामिल थीं।

आशु जाट चर्चा में तब आया, जब इसने अपने ससुर से उधारी वसूलने पहुँचे भाजपा नेता चंद्रपाल को मौत के घाट उतार दिया। इसके बाद चंद्रपाल हत्या मामले में पैरवी करने पहुँचे भाजपा नेता राकेश शर्मा की हत्या कर आशु जाट ने पुलिस और कानून-व्यवस्था पर सवाल खड़े कर दिए। इन घटनाओं को अंजाम देने के बाद वह फरार हो गया।

आशु जाट चर्चा में तब आया, जब इसने अपने ससुर से उधारी वसूलने पहुँचे भाजपा नेता चंद्रपाल को मौत के घाट उतार दिया। इसके बाद चंद्रपाल हत्या मामले में पैरवी करने पहुँचे भाजपा नेता राकेश शर्मा की हत्या कर आशु जाट ने पुलिस और कानून-व्यवस्था पर सवाल खड़े कर दिए। इन घटनाओं को अंजाम देने के बाद वह फरार हो गया।

शुरुआत में आशु जाट पर 5 हजार का इनाम घोषित हुआ, लेकिन जैसे-जैसे हापुड़, गाजियाबाद, अलीगढ़, मेरठ और ग्रेटर नोएडा समेत कई जनपदों में मामले बढ़े तो उस पर इनामी धनराशि 2.50 लाख तक जा पहुँची। आशु पर हत्या, डकैती, लूट, अपहरण जैसे 50 से अधिक आपराधिक मामले दर्ज हैं। इसके अलावा, आशु जाट कई पेट्रोल पंप व टोल प्लाजा लूट में भी शामिल रहा है और उसे इस काम में महारत हासिल थी।

जब डेढ़ साल की फरारी के बाद उसे साल 2020 में मुंबई से पकड़ा गया तो आशु वहाँ सड़क किनारे सब्जी का ठेला लगाता था। वह भाजपा नेता

राकेश शर्मा, चंद्रपाल और नोएडा के चर्चित गौरव चंदेल हत्याकांड में वांछित था। इसके अलावा, उसने गाजियाबाद में एक बार दारोगा से भी लूटपाट की थी और जब दारोगा ने विरोध किया तो इस कुख्यात अपराधी ने दारोगा का कान दाँत से चबा लिया था।

□

गैंगस्टर एयरहोस्टेस

एक लड़की, जो कभी एयरहोस्टेस थी, लेकिन जल्दी पैसे कमाने की चाहत ने उसे जुर्म की दुनिया में धकेल दिया। फर्राटेदार अंग्रेजी बोलने और जानी-मानी एयरलाइंस में बढ़िया नौकरी छोड़कर माफिया बननेवाली इस लड़की का नाम ममता मसीह है। साधारण परिवार से आनेवाली ममता का कोई भी आपराधिक इतिहास नहीं रहा, बस अमीर बनने के लालच ने उसकी जिंदगी बरबाद कर दी।

ममता मसीह मूलतः एम.पी. के उज्जैन की रहनेवाली थी। शुरू से ही पढ़ाई-लिखाई में होशियार ममता ने स्कूलिंग खत्म की और कॅरियर बनाने बड़े शहर की ओर निकल गई। कई सालों तक होटल इंडस्ट्री में काम करने के बाद ममता मसीह ने एयरहोस्टेस बनने की सोची। ममता की चाह थी कि यहाँ पैसे के साथ घूमने को मिलेगा। ममता मसीह की किस्मत चमकी, फिर खूबसूरती व फर्राटेदार अंग्रेजी बोलने के चलते उसकी स्पाइसजेट में एयरहोस्टेस की नौकरी लग गई।

ममता मसीह ने एक साल तक एयरहोस्टेस की नौकरी की, लेकिन और पैसे कमाने की चाहत में उसने नौकरी छोड़ दी। इसके बाद वह गुरुग्राम के एक स्पा में नौकरी करने लगी और यहाँ उसकी मुलाकात पश्चिमी यू.पी. के कुख्यात अपराधी विनय से हुई। विनय के साथ हुई मुलाकात से ही ममता मसीह की जिंदगी बदल गई। यहीं से उसने विनय की दिखाई राह पर अमीरों

को हनीट्रैप करने का काम शुरू किया। विनय पर 1.25 लाख रुपए के इनाम सहित 32 केस दर्ज थे।

शुरुआत में प्लान के तहत वह अमीर लोगों को मिस कॉल मारती और फिर मोहक बातों से उन्हें फँसा लेती थी। इसके बाद मुलाकात के बहाने मिलने पहुँचे व्यक्ति का अपहरण कर मोटी रकम वसूलती। इन सब कामों में उसे विनय की मदद मिलती थी। साल 2016 तक सबकुछ ठीक था, लेकिन इसी बीच उसने मेरठ के कारोबारी मनोज गुप्ता को जाल में फँसाया और उसे दिल्ली में मुलाकात के बाद देहरादून से मसूरी ले गई।

18 फरवरी, 2016 को किया गया मनोज गुप्ता का अपहरण ममता के लिए भारी पड़ गया। इस अपहरण में उसने मनोज के परिवार से 1 करोड़ की फिरौती माँगी। मेरठ के बड़े कारोबारी के अपहरण के चलते पुलिस हरकत में आ गई, लेकिन वह पुलिस की पकड़ से दूर रही। कई दिनों तक चले बातचीत के दौर में मामला 20 लाख रुपए और 3 किलो सोने पर आकर रुका और मनोज को छोड़ दिया गया।

18 फरवरी, 2016 को किया गया मनोज गुप्ता का अपहरण ममता के लिए भारी पड़ गया। इस अपहरण में उसने मनोज के परिवार से 1 करोड़ की फिरौती माँगी। मेरठ के बड़े कारोबारी के अपहरण के चलते पुलिस हरकत में आ गई, लेकिन वह पुलिस की पकड़ से दूर रही।

मनोज की रिहाई के बाद भी यू.पी. और उत्तराखंड की पुलिस के हाथ खाली थे। इसी बीच पुलिस को एक शख्स से लीड मिली, जिसने ममता को सिम उपलब्ध कराया था और फिर ममता मसीह को दिल्ली के महिपालपुर से गिरफ्तार कर लिया गया।

□

कातिल कारोबारी

साल 1970 में हफ्ता वसूली और जमीन की खरीद में जबरन वसूली से खड़ा हुआ बेंगलुरु का देशी अंडरवर्ल्ड अगले दो दशकों में काफी बदल गया। इस दौरान कई गैंगस्टर पनपे और उन्होंने आतंक मचाया। दूसरी तरफ एम.पी. जयराज, रामचंद्र कोतवाल के बाद मुथप्पा राय का दबदबा था। जहाँ एम.पी. जयराज पहला तो वहीं मुथप्पा राय को बेंगलुरु अंडरवर्ल्ड का आखिरी डॉन माना जाता था।

कर्नाटक में '90 के दशक में कई ऐसे हिस्टरीशीटर थे, जिनका अंत आपसी गुटबाजी में हुआ। साल 2000 के अंत में सुनील कुमार नाम के गैंगस्टर का उदय हुआ, लेकिन पुलिस प्रशासन की नजर में वह साल 2005 में आया। सुनील कुमार कई सालों तक पुलिस की नजरों से दूर रहा। इसके पीछे का कारण उसका शांति से वारदात को अंजाम देना और चुपचाप अंडरग्राउंड हो जाना था। स्थानीय पुलिस के मुताबिक सुनील कॉन्ट्रैक्ट किलर के तौर पर काम करता था।

सुनील हत्या का ठेका लेते समय कुछ गुंडों को उधार पर लेता था। इसके कुछ दिनों में ही वह सुनियोजित ढंग से अकेले वारदात को अंजाम देता था और उधार में लिये गए गुंडे उस अपराध के लिए सजा भुगतते थे। साथ ही वह हत्या को इतनी सफाई से अंजाम देता था कि पुलिस के लिए एक सुराग नहीं छूटता था। पुलिस के मुताबिक, एक मुखबिर ने बड़ी मुश्किल से प्रशासन

को सुनील के बारे में जानकारी उपलब्ध कराई थी।

मुखबिर के मुताबिक, कई सारे विरोधी गुटों ने खुद सुनील कुमार की सुपारी ले रखी थी, लेकिन कोई भी उसका कुछ नहीं कर पाया। जिसने भी उसे मारने का प्लान बनाया, उसकी दूसरे दिन लाश ही बरामद होती थी। इसी के चलते उसे 'साइलेंट किलर' का नाम दिया गया था। बेंगलुरु के सारे अंडरवर्ल्ड डॉन 'साइलेंट किलर सुनील' को बेंगलुरु का बेस्ट हिटमैन और सबसे खूँखार कॉन्ट्रैक्ट किलर बताते थे।

कई सालों तक सन्नाटे में काम करने के बाद 2005 में जब बेक्कीना कुन्नू राजेंद्र की हत्या हुई, तब साइलेंट सुनील का नाम सामने आया था। बेक्कीना कुन्नू की हत्या को चालुक्य होटल में अंजाम दिया गया था और इस मामले में साइलेंट किलर सुनील को 10 साल की सजा सुनाई गई थी। जेल में जाने के बाद सुनील का गिरोह खत्म होने लगा तो उसने परप्पना अग्रहारा जेल के अंदर से बैठे-बैठे ही जबरन वसूली का काम शुरू कर दिया।

मुखबिर के मुताबिक, कई सारे विरोधी गुटों ने खुद सुनील कुमार की सुपारी ले रखी थी, लेकिन कोई भी उसका कुछ नहीं कर पाया। जिसने भी उसे मारने का प्लान बनाया, उसकी दूसरे दिन लाश ही बरामद होती थी। इसी के चलते उसे 'साइलेंट किलर' का नाम दिया गया था।

सुनील जब जेल में था, तभी गैंगस्टर लंबू नाटी, भरत राज और रवि की मल्लेश्वर होटल में उसके गुर्गों की हत्या कर दी। इस हत्या ने साइलेंट सुनील का खौफ और बढ़ा दिया। इस मामले के चलते वह जेल चला गया। 2017 में उसका नाम एक डकैती में भी सामने आया, जिसमें सुनील सहित नौ लोगों को पूछताछ के लिए जेल से ही हिरासत में लिया गया। इस मामले में उस पर आर्म्स एक्ट और कर्नाटक कंट्रोल ऑफ ऑर्गनाइज्ड क्राइम एक्ट भी लगाया गया।

हालाँकि, उसने इस मामले में कोर्ट में अपील की तो उसे हाई कोर्ट से जमानत मिल गई, क्योंकि कोर्ट ने यह मान लिया था कि घटना के वक्त वह जेल में ही था। एक वक्त का खतरनाक गैंगस्टर और खूँखार कॉन्ट्रैक्ट किलर साइलेंट सुनील अब कारोबारी के रूप में बदल चुका है। वह महानगरपालिका के टेंडर के अलावा फिल्मोद्योग की फिल्मों में भी निवेशक की भूमिका में स्थापित हो चुका है।

□

तिकड़ी गैंग

हाजी मस्तान के बारे में कहा जाता है कि वह ऐसा पहला अंडरवर्ल्ड डॉन था, जिसने कभी भी बंदूक को हाथ तक नहीं लगाया था। साल 1955 के बाद मुंबई अंडरवर्ल्ड में हाजी मस्तान खुद को स्थापित कर रहा था। बखिया बंधुओं के साथ काम करते हुए उसने सोने की तस्करी में बड़ा नेटवर्क बना लिया था। साथ ही हाजी मस्तान की डॉकयार्ड और समुद्री सीमाओं में काम करनेवाले तस्करों में भी गहरी पैठ थी। वहीं इस दौर में मस्तान को समझ आ चुका था कि पैसे के अलावा खुद की धाक बनाए रखने के लिए मसल पावर की भी जरूरत है।

ऐसे में हाजी मस्तान ने उस समय के दूसरे नामी करीम लाला के साथ गठजोड़ किया। 1969 में यूसुफ पटेल की हत्या के प्रयास और उसके बॉडीगार्ड की हत्या के मामले में हाजी मस्तान, करीम लाला और अन्य 11 लोगों को गिरफ्तार भी किया गया। हालाँकि थोड़े दिनों बाद यूसुफ पटेल और हाजी मस्तान दोनों एक-दूसरे के करीब हो गए।

इन सब घटनाक्रमों के बीच में सबसे दिलचस्प वाकया हाजी मस्तान और वरदराजन मुदलियार के गठजोड़ का है। दरअसल, हाजी मस्तान को कुछ ऐसे लोगों की आवश्यकता थी, जो उसके लिए काम कर सकें और उनकी लोगों के बीच अच्छी पैठ हो। ऐसे में उसे तमिलनाडु के वरदराजन मुदलियार के बारे में पता चला, जिसकी मुंबई में रहनेवाले तमिल लोगों के बीच मजबूत पकड़ थी।

वरदराजन उन दिनों कस्टम्स डॉक इलाके में तस्करी के धंधे में लिप्त था। एक बार उसे पुलिस ने एंटीना चुराने के आरोप में गिरफ्तार कर लिया। वरदराजन उतना पढ़ा-लिखा नहीं था, लेकिन तमिल और अंग्रेजी ठीक से पढ़ लेता था। हालाँकि हिंदी केवल समझ भर लेता था। पुलिस ने कई दिनों तक उससे पूछताछ की, लेकिन वरदराजन ने चोरी के माल की जगह नहीं बताई। इसी बीच हाजी मस्तान को इस बात की खबर लगी।

हाजी मस्तान कस्टम्स डॉकयार्ड के इलाके में स्थित पुलिस स्टेशन में वरदराजन से मिलने पहुँचा। हाजी मस्तान उस वक्त सफेद कपड़े पहनता था और सिगरेट का शौकीन था। पुलिस स्टेशन पहुँचते ही हाजी मस्तान हवालात में उसके पास गया और वरदराजन की ओर इशारा करते हुए तमिल में अभिवादन करते हुए कहा—'वणक्कम थलईवर'। इतना सुनते ही वरदराजन चौंक गया, क्योंकि इससे पहले उसे कभी किसी ने 'थलईवर' नहीं कहा था। दरअसल, तमिल भाषा में इस शब्द का इस्तेमाल 'कमांडर या चीफ' के लिए किया जाता है।

> ***वरदराजन उन दिनों कस्टम्स डॉक इलाके में तस्करी के धंधे में लिप्त था। एक बार उसे पुलिस ने एंटीना चुराने के आरोप में गिरफ्तार कर लिया। वरदराजन उतना पढ़ा-लिखा नहीं था, लेकिन तमिल और अंग्रेजी ठीक से पढ़ लेता था। हालाँकि हिंदी केवल समझ भर लेता था।***

चूँकि हाजी मस्तान खुद भी तमिलनाडु से था, ऐसे में उसने वरदराजन को 'थलईवर' कहा। इसके बाद हाजी मस्तान ने वरदराजन से कहा कि तुम चुराया हुआ एंटीना वापस कर दो और मेरे सोने के व्यापार में साझेदार बन जाओ। बिना जान-पहचान के व्यक्ति द्वारा इस तरह की पेशकश वरदराजन के मन में संदेह पैदा कर रही थी।

ऐसे में चतुराई से वरदराजन ने हाजी मस्तान से पूछा कि मेरे साथ आने से तुमको क्या फायदा होगा? मस्तान ने कहा, 'मैं तुम्हारे बाहुबल को

इस्तेमाल में लाना चाहता हूँ।' इसके बाद जब वरदराजन जेल से बाहर आया तो हाजी मस्तान के साथ जुड़ गया। देखते-ही-देखते 70 के दशक तक मुंबई के अलग-अलग हिस्सों में हाजी मस्तान, करीम लाला और वरदराजन के मजबूत गठजोड़ का सालों तक राज बना रहा।

□

अंडरवर्ल्ड का गॉडफादर

जिस तरह दशकों तक मुंबई में अंडरवर्ल्ड का राज रहा, उसी तर्ज पर बेंगलुरु में भी माफिया राज कई सालों तक कायम रहा। 1970 के दशक में गैंगस्टर मुनी गौड़ा ने हफ्ता वसूली से देशी अंडरवर्ल्ड शुरू किया था। हालाँकि मुनी गौड़ा के बाद एम.पी. जयराज और रामचंद्र कोतवाल जैसे गैंगस्टर ही आगे चलकर बेंगलुरु अंडरवर्ल्ड के डॉन बने। इन सबके अलावा, एक नाम मुथप्पा राय का भी था, जो बेंगलुरु अंडरवर्ल्ड का 'गॉडफादर' कहलाया।

कर्नाटक के पुत्तूर में अच्छे परिवार और शिक्षा की बेहतर बैकग्राउंड से आनेवाले मुथप्पा राय ने शुरुआत में विजया बैंक में बतौर अधिकारी के तौर पर अपने कॅरियर की शुरुआत की। 1980 के दशक के आखिरी कुछ सालों में उसकी संगत बेंगलुरु अंडरवर्ल्ड के लोगों से हो गई और नौकरी पीछे छूट गई। छोटे-मोटे काम करने के दौरान मुथप्पा ने तब के डॉन एम.पी. जयराज के कत्ल की साजिश रची, क्योंकि एम.पी. जयराज उसके पिता के रेस्तराँ का बिजनेस हड़पना चाहता था।

जयराज को ठिकाने लगाने में मुथप्पा को साथ मिला बेंगलुरु के उन गैंगस्टर्स का, जो मुंबई में 'डी-कंपनी' के लिए काम करते थे। एक केस के चलते एम.पी. जयराज को रोजाना पुलिस स्टेशन में हाजिरी लगानी होती थी। 21 नवंबर, 1989 को थाने में हाजिरी लगाने जा रहे एम.पी. जयराज को

दिनदहाड़े कुछ गुर्गों के साथ मुथप्पा ने मौत के घाट उतार दिया और खुद को बेंगलुरु अंडरवर्ल्ड का डॉन घोषित कर दिया।

जयराज की हत्या के बाद वह जेल चला गया। इसी मामले में पेशी के दौरान 1994 में उसे 5 गोलियाँ मारी गईं, पर वह बच गया और दो सालों तक बिस्तर पर रहा। 1996 में स्वस्थ होने के बाद मुथप्पा को दाऊद के सहयोगी शरद शेट्टी का साथ मिला। दुबई में रहनेवाले शेट्टी ने मुथप्पा को दुबई में अपने साथ रखा और उसके दवा के कारोबार को खाड़ी देशों तक फैलाया। 21वीं सदी शुरू ही हुई थी कि दुबई में शेट्टी को जान से मार दिया गया। इधर भारत में कुछ आपराधिक मामलों के चलते मुथप्पा को 2002 में यू.ए.ई. से वापस देश लाया गया।

जयराज की हत्या के बाद वह जेल चला गया। इसी मामले में पेशी के दौरान 1994 में उसे 5 गोलियाँ मारी गईं, पर वह बच गया और दो सालों तक बिस्तर पर रहा। 1996 में स्वस्थ होने के बाद मुथप्पा को दाऊद के सहयोगी शरद शेट्टी का साथ मिला। दुबई में रहनेवाले शेट्टी ने मुथप्पा को दुबई में अपने साथ रखा और उसके दवा के कारोबार को खाड़ी देशों तक फैलाया।

कुछ महीनों तक जेल में रहने के बाद मुथप्पा सारे मामलों से बरी हो गया। इसके बाद उसने कारोबारी के तौर पर अपनी छवि बनानी शुरू की। भू-माफिया से दवा कारोबारी और फिर 2008 में 'जय कर्नाटक' जैसी गैर-सरकारी संस्था खोलकर वह समाजसेवी भी बन गया। कुछ ही सालों में मुथप्पा बेंगलुरु अंडरवर्ल्ड के 'गॉडफादर' के साथ-साथ गरीबों के लिए 'रॉबिनहुड' भी बन गया। हालाँकि थोड़े समय बाद बेंगलुरु में संगठित माफिया का दौर भी समाप्त हो गया।

ऐसे में जब बेंगलुरु शहर आई.टी. सिटी बन रहा था तो मुथप्पा भी अपना कारोबार बदल रहा था। वह कई बार कहता था कि बेंगलुरु में विदेशी

कंपनी के निवेश और शहर के विकास में उसका योगदान है। हालाँकि 30 साल के लंबे समय तक माफिया के तौर राज करनेवाला वह बेंगलुरु का आखिरी और अरबपति अंडरवर्ल्ड डॉन रहा। वहीं साल 2020 की मई में मुथप्पा की कैंसर जैसी बीमारी के कारण मौत हो गई।

□

डी फॉर दाऊद

अकसर किसी-न-किसी व्यक्ति के पीछे कोई एक शख्स होता है, जो मार्गदर्शक की भूमिका में होता है। वैसे ही खालिद पहलवान बच्चा वह शख्स था, जो दाऊद इब्राहिम का मेंटर यानी मार्गदर्शक बना। खालिद पहलवान बच्चा की दिखाई राह और सीख के दम पर ही दाऊद इब्राहिम ने सालों तक मुंबई पर राज किया।

खालिद पहलवान शुरुआत में घर से मुंबई घूमने आया था। मुंबई में रहने के दौरान जब गुटों की हिंसक झड़प में उसका नाम आया तो उसने भोपाल नहीं लौटने का फैसला कर लिया। बाद में वही दाऊद इब्राहिम का मेंटर खालिद पहलवान बनकर उभरा।

मूलतः एम.पी. के भोपाल का रहनेवाला खालिद पहलवान बच्चा माफिया वर्ल्ड में आने से पहले पहलवानी करता था। पिता चाहते थे कि खालिद कुश्ती सीखे और नाम कमाए। पिता की बात मानते हुए खालिद ने करीबन 8 साल तक कुश्ती सीखी और छोटे-मोटे दंगलों में भाग लिया। फिर 18 साल की उम्र में 'भोपाल की चट्टान' कहे जानेवाले रामदयाल नाम के पहलवान को उसने एक दंगल में चित कर दिया। रामदयाल को हराने के बाद खालिद पहलवान का नाम चर्चा में आ गया।

एम.पी. में धाक जमाने के बाद खालिद ने उन दिनों दिल्ली में आयोजित होनेवाली प्रतियोगिता 'भारत कुमार' में हिस्सा लिया। इस प्रतियोगिता के एक

मैच में उसने महाराष्ट्र के चर्चित पहलवान वरुण माने को पटक दिया। वरुण माने को जो शख्स इस प्रतियोगिता में प्रमोट कर रहा था, उसका नाम वासू दादा था। वासू खुद भी पहलवान था और मुंबई में उसकी धाक थी। इसके बाद वासू दादा ने खालिद पहलवान को मुंबई बुलाया। वासू के बुलावे पर मुंबई पहुँचने पर पहलवान खालिद की एक गुट से बीच बाजार में भिड़ंत हो गई।

इसी भिड़ंत के दौरान दाऊद इब्राहिम की नजर खालिद पहलवान पर गई। दाऊद उस वक्त मुंबई में पनपा भी नहीं था। हालाँकि छोटे-मोटे अपराधों में वह किशोरावस्था से ही लिप्त था। थोड़े दिनों में ही दाऊद और खालिद पहलवान की दोस्ती हो गई। खालिद का सपना पुलिस अफसर बनने का था और वह अर्थशास्त्र जैसे विषय में स्नातक था, लेकिन वासू के बुलावे पर मुंबई आने के बाद उसकी जिंदगी ही बदल गई।

खालिद पहलवान ही वह शख्स था, जिसने 'डी-कंपनी' की नींव रखी थी। साथ ही दाऊद ने चाकूबाजी और हथियार चलाने की ट्रेनिंग भी खालिद से ही ली थी। इसके बाद दोनों ने मिलकर मुंबई के कई माफियाओं को रास्ते से हटा दिया या फिर उन्हें अपने सामने झुकने पर मजबूर कर दिया।

खालिद पहलवान ही वह शख्स था, जिसने 'डी-कंपनी' की नींव रखी थी। साथ ही दाऊद ने चाकूबाजी और हथियार चलाने की ट्रेनिंग भी खालिद से ही ली थी। इसके बाद दोनों ने मिलकर मुंबई के कई माफियाओं को रास्ते से हटा दिया या फिर उन्हें अपने सामने झुकने पर मजबूर कर दिया। वहीं बिजनेस की अच्छी पकड़वाले खालिद ने ही डी-कंपनी को बड़ा करने में अहम भूमिका निभाई।

एक समय डी-कंपनी द्वारा की जानेवाली नशीले पदार्थों और सोने की तस्करी को खालिद पहलवान ही मैनेज करता था। खालिद के साथ मिलकर दाऊद इब्राहिम ने डी-कंपनी के साथ माफिया गैंग का एक ऐसा नेटवर्क खड़ा किया, जिसने दशकों तक मुंबई पर राज किया। यदि एक समय खालिद

पहलवान बच्चा का साथ दाऊद को न मिलता तो शायद दाऊद इब्राहिम का नाम गुमनामी के अँधेरे में खो जाता।

आज दाऊद इब्राहिम का नाम देश के मोस्ट वॉन्टेड अपराधियों में शामिल है। 1993 में मुंबई बम धमाकों से पहले देश छोड़कर भाग निकले दाऊद की तलाश आज भी अधूरी है। दाऊद ने भले सालों तक मुंबई पर धाक जमा रखी थी, पर एक बार डकैती के मामले में फँसने पर उसके कांस्टेबल पिता ने उसे पूरी रात बेल्टों से पीटा था। इसके बाद उससे कबूलनामा लिखवाने उसे खुद थाने भी लेकर गए थे।

दाऊद इब्राहिम का जन्म महाराष्ट्र के रत्नागिरि जिले में हुआ था। दाऊद के पिता शेख इब्राहिम अली कासकर मुंबई पुलिस में कांस्टेबल थे। शेख इब्राहिम पूरे परिवार के साथ मुंबई के डोंगरी इलाके में रहते थे। स्कूल छोड़ने के बाद दाऊद छोटे अपराधियों की संगत में आया तो ड्रग्स सप्लाई, चोरी और लूटपाट के धंधे में शामिल हो गया।

दाऊद इब्राहिम का जन्म महाराष्ट्र के रत्नागिरि जिले में हुआ था। दाऊद के पिता शेख इब्राहिम अली कासकर मुंबई पुलिस में कांस्टेबल थे। शेख इब्राहिम पूरे परिवार के साथ मुंबई के डोंगरी इलाके में रहते थे। स्कूल छोड़ने के बाद दाऊद छोटे अपराधियों की संगत में आया तो ड्रग्स सप्लाई, चोरी और लूटपाट के धंधे में शामिल हो गया।

70 के दशक में दाऊद इब्राहिम किसी बात को लेकर हाजी मस्तान से खफा हो गया। उस जमाने में हाजी मस्तान की धाक मुंबई में चरम पर थी। इधर गुस्साए दाऊद के अंदर बदले की आग सुलग रही थी। साल 1974 में उसके गुर्गों ने बताया कि करीब 5 लाख रुपयों से भरी वैन हाजी मस्तान के मालाबार हिल स्थित घर जानेवाली है।

साल 1974 के दिसंबर महीने में दाऊद इब्राहिम ने लूट की योजना तैयार की और अपने आठ गुर्गों के साथ लोहे की छड़ें, बंदूक और धारदार हथियार जुटा लिये। इस वारदात को अंजाम देने के लिए दाऊद ने अपने दो सबसे

ताकतवर साथी शेर खान और सैयद सुलतान की मदद ली। इसके बाद तय योजना के मुताबिक लूट को अंजाम भी दिया।

इस लूट की घटना के अगले दिन अखबारों में खबर दिखी तो सभी के होश उड़ गए। दरअसल दाऊद ने हाजी मस्तान की वैन नहीं, बल्कि मेट्रोपोलिटन बैंक की कैश वैन लूटी थी। इस लूट में 4 लाख 75 हजार रुपए गायब हुए थे और यह घटना उस दशक की सबसे बड़ी बैंक डकैती थी।

लूट के वक्त दाऊद इब्राहिम के पिता शेख इब्राहिम कासकर मुंबई क्राइम ब्रांच में तैनात थे। इस लूटकांड की पहेली सुलझाने और आरोपियों को दबोचने की टीम में वे भी शामिल थे। जाँच के दौरान जब उन्हें पता चला कि यह कांड दाऊद इब्राहिम द्वारा ही अंजाम दिया गया है तो वे दंग रह गए।

लूट के वक्त दाऊद इब्राहिम के पिता शेख इब्राहिम कासकर मुंबई क्राइम ब्रांच में तैनात थे। इस लूटकांड की पहेली सुलझाने और आरोपियों को दबोचने की टीम में वे भी शामिल थे। जाँच के दौरान जब उन्हें पता चला कि यह कांड दाऊद इब्राहिम द्वारा ही अंजाम दिया गया है तो वे दंग रह गए। इसके बाद वह घर लौटे और पूरी रात दाऊद की बेल्ट से पिटाई की और फिर उसे थाने ले जाकर कबूलनामा लिखवाया।

मेट्रोपोलिटन बैंक डकैती का यह केस 15 साल तक कोर्ट में चला, फिर 1989 में निचली अदालत ने दाऊद, शेर खान और सैयद सुलतान को छोड़कर अन्य सभी को बरी कर दिया। समद खान की हत्या में नाम सामने आने के बाद साल 1987–88 के बीच दाऊद देश छोड़कर दुबई भाग गया। फिर साल 1992 में इस मामले में सुप्रीम कोर्ट द्वारा दाऊद इब्राहिम के खिलाफ गैर-जमानती वारंट भी जारी किया गया। हालाँकि यह मामला मुख्य आरोपी के देश से बाहर चले जाने के कारण आज तक विचाराधीन है।

□

आतंक का अंत

हरियाणा में कुख्यात रहे सुरेंद्र ग्योंग को हत्या के मामले में उम्रकैद की सजा मिली। साथ ही कांग्रेस नेता रणदीप सुरजेवाला ने भी सुरेंद्र से अपनी जान को खतरा बताया था।

सुरेंद्र ग्योंग हरियाणा का ऐसा गैंगस्टर है, जो कभी बड़ा होकर क्रिकेटर बनना चाहता था, लेकिन आपसी झगड़ों ने उसे अपराधी बना दिया। भेस बदलने में माहिर और कुख्यात गैंगस्टर संदीप गडोली का करीबी माना जानेवाला सुरेंद्र चार राज्यों में मोस्ट वॉन्टेड अपराधी रहा, जिस पर 30 से अधिक संगीन जुर्म के मामले दर्ज थे।

हरियाणा के कैथल में जनमे सुरेंद्र को शुरू से ही क्रिकेट खेलने का शौक था, लेकिन 10वीं के बाद जब पढ़ाई छूटी तो क्रिकेट भी छूट गया। पढ़ाई के दौरान ही उस पर पहली बार मारपीट का मामला दर्ज किया गया था। इसमें सुरेंद्र ने बस ड्राइवर व कंडक्टर के साथ पैसों को लेकर हुई कहासुनी में मारपीट की थी।

इसके बाद सुरेंद्र का नाम कैथल व आसपास की छोटी-मोटी घटनाओं में आने लगा। हालाँकि साल 1999 में सभी को हैरानी तब हुई, जब सुरेंद्र पर बैंक में एक व्यक्ति से 1 लाख रुपए छीनने का आरोप लगा। इस मामले में सुरेंद्र पर डकैती का मामला दर्ज किया गया। फिर पत्रकार परमानंद गोयल की हत्या में भी उसका नाम सामने आया। पत्रकार की हत्या के मामले में सुरेंद्र

को आजीवन कारावास की सजा सुनाई गई।

इन सब घटनाओं के बाद परिजन भी उससे हार मान चुके थे। इधर सुरेंद्र ने सूबे के कुख्यात कृष्ण पहलवान का साथ लिया, लेकिन अनबन के चलते कुछ दिनों बाद वह अलग हो गया। सुरेंद्र मुख्य रूप से डॉक्टर, कारोबारियों और आढ़तियों से रंगदारी, फिरौती वसूलता था। इसी बीच उसका नाम अपने साथी रहे कृष्ण पहलवान की हत्या में भी उछला।

कई सालों तक सुरेंद्र ने हत्या, डकैती, अपहरण और फिरौती जैसे जुर्मों से खूब दहशत फैलाई और साल 2004 आते-आते वह 4 राज्यों में वांछित अपराधी बन गया। सुरेंद्र अपने भाई जितेंद्र के साथ मिलकर गैंग चलाता था और उसका नाम हरियाणा के बड़े कारोबारी रहे नरेंद्र अरोड़ा की हत्या में भी सामने आया। बताते हैं कि सुरेंद्र अपने गैंग के साथ संदीप गडोली के साथ भी काम करता था।

कई सालों तक सुरेंद्र ने हत्या, डकैती, अपहरण और फिरौती जैसे जुर्मों से खूब दहशत फैलाई और साल 2004 आते-आते वह 4 राज्यों में वांछित अपराधी बन गया। सुरेंद्र अपने भाई जितेंद्र के साथ मिलकर गैंग चलाता था और उसका नाम हरियाणा के बड़े कारोबारी रहे नरेंद्र अरोड़ा की हत्या में भी सामने आया। बताते हैं कि सुरेंद्र अपने गैंग के साथ संदीप गडोली के साथ भी काम करता था।

हालाँकि साल 2005 में उसे पुलिस ने धर दबोचा और अंबाला जेल भेज दिया। इसे एक हत्यारे का खौफ ही कहेंगे कि सुरेंद्र 2005 में जेल में रहते हुए ही पंचायत का चुनाव जीतकर सरपंच बन गया। कई साल जेल में रहने के बाद 23 मई, 2016 को सुरेंद्र एक महीने की पेरोल पर झज्जर जेल से बाहर आया और फिर बेल जंप कर दी। जहाँ एक तरफ कोर्ट ने उसे भगोड़ा घोषित किया, वहीं पुलिस उसे खोजने में लगी रही।

भेस बदलने में माहिर सुरेंद्र कई साल तक बाहर घूमता रहा और इस दौरान उस पर इनाम भी घोषित किया गया। वहीं संदीप गडोली के एनकाउंटर के बाद उसने गैंगस्टर कौशल के साथ मिलकर शराब और जुए का कारोबार शुरू कर दिया। हालाँकि साल 2018 में पुलिस को सूचना मिली कि सुरेंद्र अपनी होंडा सिटी कार में जपद से करनाल की तरफ जा रहा है। सूचना के आधार पर जब पुलिस ने उसे घेरने की कोशिश की तो इस एनकाउंटर में सुरेंद्र ग्योंग को करनाल के राहडा गाँव में मार गिराया गया।

□

डिकोड क्राइम सिंडिकेट

मुंबई में 17 फरवरी, 1961 को जनमे फारूक टकला का पूरा नाम यासीन मंसूर मोहम्मद फारूक था। कभी फारूक केवल दाऊद के लिए काम करता था, और भरोसे के चलते वह उसका मैनेजर बन गया। 12 मार्च, 1993 को हुए मुंबई बम धमाकों में करीब 257 लोग मारे गए, 700 से अधिक घायल हुए और करोड़ों की संपत्ति नष्ट हुई। इन धमाकों के पीछे का मास्टरमाइंड दाऊद इब्राहिम को बताया गया।

दाऊद के अलावा एक नाम और पुलिस की हिटलिस्ट में था, जो कि फारूक टकला का था। मुंबई बम धमाकों की योजना में मदद करने व विस्फोटों को अंजाम देने के बाद सभी आरोपियों को छिपने में मदद करने में फारूक टकला का ही हाथ था। सी.बी.आई. ने माना था कि यासीन मंसूर मोहम्मद फारूक उर्फ फारूक टकला ही वह शख्स था, जो दाऊद के क्राइम सिंडिकेट को चला रहा था।

मुंबई बम धमाकों के बाद फारूक फर्जी पासपोर्ट के सहारे देश छोड़कर दुबई भाग गया और वहाँ कई आरोपियों को शरण दी थी। धमाकों के मामले में फारूक का भाई भी पकड़ा गया, लेकिन आरोप साबित न होने के कारण उसे कोर्ट ने बरी कर दिया था। सी.बी.आई. का मानना था कि वह दुबई में ही बैठकर पूरी दुनिया में डी-कंपनी और दाऊद के कामों को मैनेज करता था।

फारूक पर मुंबई बम धमाके में सहयोगी होने समेत हत्या, अपहरण,

रंगदारी सहित कई आपराधिक मामले दर्ज थे। फारूक टकला का नाम मुंबई के चर्चित जे.जे. हॉस्पिटल शूटआउट के आरोपियों में भी शामिल रहा। इस शूटआउट में दाऊद के गुर्गों ने अस्पताल में भरती गवली गैंग के शूटर शैलेश हलदानकर पर ए.के.-47 से ताबड़तोड़ गोलियाँ बरसाई थीं। इस शूटआउट में दो पुलिसकर्मी भी मारे गए थे।

कई सालों तक दुबई में रहने के बाद फारूक अपने खिलाफ जारी 'रेड कॉर्नर नोटिस' के कारण पकड़ा गया। इसके बाद विदेशी एजेंसियों ने भारतीय अधिकारियों को सूचित किया। साल 2018 में भारत लाए जाने से पहले वह लगभग ढाई महीने तक नजरबंद रहा। 8 मार्च, 2018 को भारत लाए जाने के बाद उसे टाडा कोर्ट में पेश किया गया, जहाँ से उसे मुंबई की ऑर्थर जेल भेज दिया गया।

□

बुरे काम : बुरा परिणाम

पंजाब में कई सारे गैंगस्टर हुए, लेकिन एक नाम ऐसा था जिसने कम उम्र में अपनी पहचान पूरे सूबे में बना ली थी। इस गैंगस्टर का नाम था रुपिंदर गांधी। रुपिंदर के बारे में पंजाब में लोगों की दो राय रही है। जहाँ युवा उसे यूथ आइकन मानते थे तो वहीं उसके गाँव और आसपास के इलाके में उसे गरीबों का मसीहा कहा जाता था। हालाँकि पुलिस रिकॉर्ड में वह पंजाब के कुख्यात गैंगस्टर्स में एक था।

पंजाब की खन्ना तहसील के गाँव रसूलरा में 2 अक्तूबर, 1979 को रुपिंदर सिंह औजला का जन्म हुआ। गांधी जयंती के दिन पैदा होने के कारण पिता ने उसका नाम रुपिंदर गांधी रख दिया। रुपिंदर बड़ा हुआ तो स्कूल में बढ़िया छात्र रहा और साथ ही फुटबॉल का राष्ट्रीय स्तर का शानदार खिलाड़ी भी बना। उच्च शिक्षा के लिए रुपिंदर पंजाब यूनिवर्सिटी पहुँचा, जहाँ उसने 'गांधी ग्रुप ऑफ स्टूडेंट्स यूनियन' नामक संगठन बनाकर छात्र नेता के तौर पर अपनी पैठ बना ली।

पंजाब में रुपिंदर गांधी को लोग यूथ आइकन मानते थे। उसकी फैन फॉलोइंग का अंदाजा इसी बात से लगाया जा सकता था कि पंजाब और चंडीगढ़ के विश्वविद्यालय और कॉलेजों में 'गांधी ग्रुप ऑफ स्टूडेंट्स यूनियन' से तीन लाख से अधिक छात्र जुड़े थे। 22 साल की उम्र में साल 2001 में वह गाँव का सरपंच भी बन गया। जहाँ गांधी गाँव के लोगों के लिए सीधा-सादा,

सबकी मदद करनेवाला रुपिंदर था, तो वहीं रसूलरा गाँव से बाहर रहनेवालों के लिए वह एक कुख्यात गैंगस्टर था।

रुपिंदर के बारे में कई लोग मानते हैं कि जब भी वह गाँव आता तो सभी को बड़ा सम्मान देता, लड़कियों की शादी में पैसे खर्च करता और गरीब छात्रों की मदद करता। वहीं सरपंच के तौर पर भी अपनी जिम्मेदारियाँ निभाता था। हालाँकि कुछ का मानना था कि भले ही वह गाँव में हथियारों के साथ न दिखा हो, लेकिन उसके लिए सभी के मन में एक डर भी था, इसलिए उसके खिलाफ चुनाव में किसी ने परचा ही नहीं भरा था।

रुपिंदर के करीबी बताते हैं कि छात्र नेता व सरपंच बनने के बाद उसकी जिंदगी बदल गई। जहाँ एक तरफ वह प्रशंसक बना रहा था तो वहीं जुर्म और राजनीति के कुछ लोग उसकी लोकप्रियता को रास्ते का रोड़ा समझने लगे थे। इसके अलावा झगड़ों को मारपीट से सुलझाने और हिंसक गैंगवार के चलते गांधी के खिलाफ चंडीगढ़ व अन्य जगहों पर कई आपराधिक केस दर्ज थे।

रुपिंदर के करीबी बताते हैं कि छात्र नेता व सरपंच बनने के बाद उसकी जिंदगी बदल गई। जहाँ एक तरफ वह प्रशंसक बना रहा था तो वहीं जुर्म और राजनीति के कुछ लोग उसकी लोकप्रियता को रास्ते का रोड़ा समझने लगे थे। इसके अलावा झगड़ों को मारपीट से सुलझाने और हिंसक गैंगवार के चलते गांधी के खिलाफ चंडीगढ़ व अन्य जगहों पर कई आपराधिक केस दर्ज थे।

साल 2003 में 5 सितंबर की तारीख थी, दोस्त के साथ स्कूटर पर जा रहे रुपिंदर का समराला रोड पर अपहरण कर लिया गया। इसके बाद सलूदी गाँव में उसकी हत्या कर दी गई। हत्या के 10 दिन बाद उसका शरीर भाखड़ा नहर में पाया गया। उसके हाथ और घुटने टूटे हुए थे और शरीर पर दो गोलियाँ मारी गई थीं। इसके

बाद रुपिंदर गांधी की हत्या में 11 लोगों के नाम सामने आए, जो प्रदेश की अलग-अलग जेलों में बंद हैं।

वहीं रुपिंदर गांधी के भाई मनमिंदर पर भी साल 2007 में हत्या के प्रयास के लिए मामला दर्ज किया गया, जब उसने गांधी हत्या मामले के मुख्य आरोपी लखी को गोली मार दी थी। हालाँकि 20 अगस्त, 2017 को मनमिंदर गांधी की भी हत्या कर दी गई। मनमिंदर पर भी करीब 8 हत्या के प्रयास के मामले दर्ज थे।

□

निश्चित है अंत

यू.पी. में एक ऐसा डॉन हुआ, जो 25 साल की उम्र में दहशत का पर्याय बन गया। अपने आपराधिक इतिहास में श्रीप्रकाश शुक्ला ने 20 से ज्यादा हत्याओं को अंजाम दिया। श्रीप्रकाश शुक्ला के बारे में कहा जाता था कि वह सामनेवाले की बात सुनने से ज्यादा गोली मारने में यकीन रखता था। 90 के दशक में खौफ का दूसरा नाम बन चुके शुक्ला ने यू.पी. के अलावा कई अन्य राज्यों की पुलिस की नाक में दम कर रखा था।

गोरखपुर जिले में पैदा हुए श्रीप्रकाश शुक्ला ने पहली हत्या तब की थी, जब गाँव के एक युवक ने उसकी बहन को छेड़ दिया था। उस वक्त पिता ने कहा कि आत्मसमर्पण कर दो, लेकिन शुक्ला नहीं माना और फिर बन गया पूर्वांचल का सबसे बड़ा और युवा डॉन! हालाँकि जब पुलिस ने उस पर एक्शन की तैयारी की तो पुलिस रिकॉर्ड में उसकी तसवीर ही नहीं मिली। अब समस्या थी कि श्रीप्रकाश को ढूँढ़ा कैसे जाए?

श्रीप्रकाश शुक्ला की तसवीर को ढूँढ़ने के पीछे यू.पी. पुलिस ने कई दिनों तक अलग-अलग जगह दबिश डाली, जिनमें शुक्ला के दोस्त भी शामिल थे। वहीं कहा जाता है कि श्रीप्रकाश ने कह रखा था कि अगर कोई भी उसकी तसवीर पुलिस को देगा तो 24 घंटे के भीतर उसकी हत्या निश्चित है। श्रीप्रकाश की यह धमकी उसे जानने-पहचाननेवालों के लिए बड़ी मुसीबत जैसी थी।

दूसरी तरफ, श्रीप्रकाश राजनीतिक संरक्षण के चलते बड़ा होता चला जा रहा था। माना जाता था कि शुक्ला के ऊपर बिहार के बाहुबली सूरजभान सिंह का हाथ था। वहीं जब सियासी गलियारों में खबर फैली कि यू.पी. के इस डॉन ने तत्कालीन सी.एम. कल्याण सिंह की हत्या की सुपारी ली है तो पुलिस अफसर किसी भी तरह से उसे ढूँढ़ निकालना चाहते थे। लेकिन समस्या यही थी कि अगर शुक्ला का स्केच भी बनवाया जाए तो कैसे? उसके लिए तसवीर जरूरी थी और गवाह कोई तैयार नहीं था।

इसी बीच पुलिस को मुखबिरों से पता चला कि शुक्ला के रिश्ते में बहनोई लगनेवाला एक शख्स लखनऊ के हजरतगंज इलाके में रहता है। साथ ही पता चला कि शुक्ला ने ही उसे कुछ दिनों पहले लॉटरी का बिजनेस करवाया था। ऐसे में पुलिस दबिश देने पहुँची तो दंपती ने शुक्ला से किसी भी रिश्ते से इनकार कर दिया, लेकिन छानबीन में शुक्ला की एक फोटो बेटी के जन्मदिन के एलबम में मिल गई, जिसकी पुष्टि घरवालों ने भी कर दी।

> ***इसी बीच पुलिस को मुखबिरों से पता चला कि शुक्ला के रिश्ते में बहनोई लगनेवाला एक शख्स लखनऊ के हजरतगंज इलाके में रहता है। साथ ही पता चला कि शुक्ला ने ही उसे कुछ दिनों पहले लॉटरी का बिजनेस करवाया था।***

श्रीप्रकाश की फोटो मिल चुकी थी, लेकिन इसमें केवल गरदन ही थी। ऐसे में पुलिस ने उसकी तसवीर को बॉलीवुड अभिनेता सुनील शेट्टी के पोस्टरकार्ड पर काटकर चिपका दिया। चेहरा शरीर के साथ बिल्कुल फिट बैठ गया और वही तसवीर फोटोकॉपी की शक्ल में मीडिया सहित चारों तरफ फैला दी गई, जिसके कुछ महीनों बाद 22 सितंबर, 1998 को गाजियाबाद के इंदिरापुरम के पास मुठभेड़ में श्रीप्रकाश शुक्ला व उसके साथियों को मार गिराया गया।

□

सात शिकार

केरल की महिला सीरियल किलर जॉली अम्मा ने 14 सालों के भीतर अपने ही सात परिजन को मौत के घाट उतार दिया था। इन हत्याओं के पीछे कई सालों तक पुलिस जाँच में जुटी रही, लेकिन कातिल घर में ही मिल गया। जॉली अम्मा जोसेफ नाम की महिला ने अपने पति सहित परिवार के 6 सदस्यों को मारने के लिए सायनाइड का इस्तेमाल किया था।

केरल के कोझिकोड जिले के एक गाँव में पोन्नमत्तम परिवार के 6 सदस्य अलग-अलग सालों में असमय संदिग्ध हालातों में मृत पाए गए। जॉली की पोल तब खुली, जब उसके पति रॉय थॉमस के अमरीका में रहनेवाले भाई ने पुलिस जाँच की बात उठाई। पुलिस ने छानबीन शुरू की तो शक के घेरे में जॉली अम्मा आई।

इससे पहले भी परिजन ने जॉली अम्मा के ऊपर संदेह जताया था, क्योंकि हर बार मौत के समय वह घर में मौजूद रही थी। पूछताछ की गई तो जॉली अम्मा जोसेफ ने साल 2019 में यह स्वीकार कर लिया कि उसने ही परिवार के सभी 6 सदस्यों को 2002 और 2016 के बीच सायनाइड दिया था। इन मृतकों में उसका पति भी शामिल था। जॉली ने बताया कि वह परिवार की पूरी संपत्ति हथियाना चाहती थी और उसने कुछ जाली दस्तावेज भी तैयार कर लिये थे।

खुलासे में सामने आया कि साल 2002 में जॉली का पहला शिकार उसकी सास अनाम्मा थॉमस बनी। फिर 2008 में जॉली ने अपने ससुर टॉम

थॉमस और तीन साल बाद 2011 में अपने पति रॉय थॉमस को सायनाइड देकर मार डाला। वहीं साल 2014 में अनाम्मा के दो भाई भी मृत पाए गए। सीरियल किलर जॉली इतनी क्रूर हो चुकी थी कि उसने एक रिश्तेदार के दो साल के बच्चे को भी नहीं बख्शा और 2014 में ही उसे भी मार डाला, फिर बच्चे की माँ को भी 2016 में मौत के घाट उतार दिया।

जॉली के पड़ोसियों के मुताबिक, इतनी हत्याओं के बाद भी वह बहुत शांत और सीधी दिखती थी कि लेकिन जब पुलिस जाँच में उसने अपराध कबूल किया था तो सभी चौंक गए। बेहद पेचीदा हो चुके इस मामले को केरल पुलिस की एस.आई.टी. टीम देख रही थी, जिसने दावा किया था कि यदि जॉली को समय रहते गिरफ्तार न किया जाता तो वह और हत्याओं को अंजाम दे सकती थी।

जॉली जोसेफ के खुलासे के बारे में जानकारी देते हुए तत्कालीन पुलिस अधीक्षक के.जी. साइमन ने कहा कि सभी को पता था कि वह एन.आई.टी. में शिक्षक है, लेकिन असलियत यह थी कि वह एक ब्यूटी पार्लर चलाती थी। इसके अलावा, उसने संपत्ति हासिल करने के लिए एक फर्जी वसीयत भी बनवा रखी थी।

जॉली जोसेफ के खुलासे के बारे में जानकारी देते हुए तत्कालीन पुलिस अधीक्षक के.जी. साइमन ने कहा कि सभी को पता था कि वह एन.आई.टी. में शिक्षक है, लेकिन असलियत यह थी कि वह एक ब्यूटी पार्लर चलाती थी।

तत्कालीन पुलिस अधीक्षक के मुताबिक, जॉली संपत्ति के साथ पूरे परिवार पर नियंत्रण चाहती थी, जिसके लिए उसने इन हत्याओं को अंजाम दिया। इस घटना में खुलासे के दौरान जॉली के दो दोस्तों के अलावा तीन अन्य लोगों को भी गिरफ्तार कर जेल भेज दिया गया। ये लोग जॉली को सायनाइड उपलब्ध कराने में मदद करते थे।

□

सीरियल बेबी किलर

एक शख्स साइकिल पर घूम-घूमकर बच्चियों को टॉफियाँ देकर फुसलाता, फिर मौका देखकर हैवानियत को अंजाम देता था। जब कई सालों बाद उसके काले कारनामे उजागर हुए तो लोगों ने उसे 'सीरियल बेबी किलर' का नाम दिया। दरअसल, यह कहानी है भारतीय वायुसेना में कभी अफसर रहे दरबारा सिंह की, जो शैतान बन गया था।

दरबारा सिंह का जन्म अमृतसर के ब्यास में 1952 में हुआ। कुछ सालों बाद उसकी नौकरी एयरफोर्स में लग गई और बाद में वह 1975 के दौरान पठानकोट एयरफोर्स स्टेशन में बड़े पदों पर रहा। नौकरी के दौरान ही उस पर एक मेजर परिवार पर बम फेंकने का आरोप लगा, लेकिन कुछ दिनों बाद ही वह इस मामले में बरी हो गया।

सन् 1996 में दरबारा सिंह का नाम कपूरथला में एक आप्रवासी मजदूर की नाबालिग बच्ची के साथ हुए बलात्कार और हत्या में सामने आया। फिर रेप व हत्या के तीन अन्य मामलों में दरबारा सिंह को 1997 में अदालत द्वारा 30 साल की सजा सुनाई गई। कई सालों तक दरबारा सिंह कपूरथला जेल, जालंधर सेंट्रल जेल और लुधियाना सेंट्रल जेल में रहा। साल 2003 में उसे उसके अच्छे कामों को देखते हुए जेल से रिहा कर दिया गया।

जेल से छूटने के बाद दरबारा सिंह के मन के अंदर यह बात बैठ गई कि आप्रवासी मजदूर के चक्कर में उसकी जिंदगी खराब हो गई। साल 2004

में अचानक आसपास के इलाकों से बच्चे गायब होने शुरू हो गए। अप्रैल से अगस्त के बीच गायब हुए बच्चों की संख्या जब 20 से ऊपर पहुँची तो पुलिस के होश उड़ गए। मामलों में पुख्ता सबूतों के आधार पर पुलिस ने दरबारा सिंह को गिरफ्तार कर लिया। इसके बाद उसके खुलासों ने सभी के होश उड़ा दिए।

दरबारा सिंह ने बताया कि उसने 17 बच्चों के साथ हैवानियत को अंजाम दिया और फिर उनकी लाशों को रय्या खडूर साहिब के पास दफना दिया। इन 17 बच्चों में 15 लड़कियाँ और 2 लड़के थे। इसके बाद भी पुलिस को उस पर संदेह था कि दरबारा ने शायद कई बच्चों की पहचान छुपा रखी थी। दरबारा सिंह के इस क्रूर कामों के चलते उसे 'सीरियल बेबी किलर' का नाम दिया गया।

दरबारा सिंह ने बताया कि उसने 17 बच्चों के साथ हैवानियत को अंजाम दिया और फिर उनकी लाशों को रय्या खडूर साहिब के पास दफना दिया। इन 17 बच्चों में 15 लड़कियाँ और 2 लड़के थे। इसके बाद भी पुलिस को उस पर संदेह था कि दरबारा ने शायद कई बच्चों की पहचान छुपा रखी थी।

दरबारा सिंह अपने काम को अंजाम देने के लिए दोपहर में बच्चों को टॉफी, मिठाई और समोसों से लुभाता था। इसके बाद साल 2008 में इस 'सीरियल बेबी किलर' को मौत की सजा सुनाई गई, लेकिन 2009 में इस सजा को रद्द कर दिया गया। कई सालों तक सजा काटने के बाद दरबारा सिंह बीमार पड़ा और 6 जून, 2018 को एक सरकारी अस्पताल में उसकी मौत हो गई। मौत के बाद परिवार ने उसका शव लेने से भी इनकार कर दिया था।

□

हत्या और दुष्कर्म

दिल्ली में हुए चर्चित प्रियदर्शिनी मट्टू हत्याकांड को लेकर पूरे देश की जनता में भारी गुस्सा था। इस मामले में दोषी साबित हुआ संतोष खुद एक प्रशासनिक अधिकारी का बेटा था, जिसे बचाने की भरपूर कोशिश की गई थी। 26 साल पहले हुए इस खौफनाक कांड ने देश भर के लोगों के अंदर जबरदस्त गुस्सा भर दिया था। प्रियदर्शिनी मट्टू नाम की लड़की के साथ हुई इस घटना ने लगभग पुलिस और कानून से भरोसा हटा दिया था। दिल्ली विश्वविद्यालय में पढ़नेवाली लड़की के साथ दुष्कर्म और फिर हत्या की यह वारदात काफी सालों तक लोगों के मन में रच-बस सी गई थी।

मामला साल 1996 का है। श्रीनगर से स्कूलिंग और जम्मू से बी.कॉम. की पढ़ाई करने के बाद प्रियदर्शिनी मट्टू उर्फ प्रिया दिल्ली यूनिवर्सिटी में कानून की पढ़ाई कर रही थी। यहीं संतोष नाम का एक लड़का भी पढ़ता था, जो प्रिया का सीनियर होने के साथ ही उसका दीवाना भी था। यहाँ तक कि संतोष कई बार प्रिया को प्रपोज कर चुका था, लेकिन उसने हर बार संतोष को इनकार कर दिया था।

प्रिया ने सोचा कि शायद वह पास हो जाए तो पीछा छोड़ देगा, लेकिन संतोष नहीं माना। इसके चलते प्रिया ने पुलिस में शिकायत कर दी, जिसके बाद प्रिया को राजिंदर सिंह नाम का एक सुरक्षाकर्मी भी दिया गया था। पुलिस ने संतोष को चेतावनी दी थी कि वह लड़की से दूर रहे, लेकिन वह नहीं माना।

साल 1996 में 23 जनवरी के दिन राजिंदर सिंह को देर हो गई, इसलिए प्रिया अपने माता-पिता के साथ कॉलेज चली गई।

सुरक्षा की चिंता के बीच जब राजिंदर सिंह कॉलेज पहुँचे तो वहाँ उसे संतोष दिखा, लेकिन प्रिया अपनी क्लास में थी। क्लास खत्म होने के बाद प्रिया राजिंदर के साथ घर वापस आ गई और सुरक्षाकर्मी से शाम को आने को कहा। इस दौरान घर का रसोइया भी किसी काम से बाहर चला गया। इसी बीच संतोष घर के अंदर दाखिल हुआ, जिसे प्रिया के पड़ोसी कुप्पुस्वामी ने दाखिल होते देख लिया था।

शाम को 5:30 बजे जब राजिंदर घर पहुँचा तो किसी ने दरवाजा नहीं खोला। ऐसे में जब वे घर के पीछे वाले दरवाजे से अंदर घुसे तो वहाँ का नजारा देख दंग रह गए। प्रिया का शव कमरे में खून से लथपथ पड़ा था। उन्होंने तुरंत पुलिस को सूचना दी और जाँच टीम ने मौके से सारे सबूत जुटा लिये। इसमें हीटर का एक तार भी था, जिससे प्रिया का गला घोंटा गया था।

शाम को 5:30 बजे जब राजिंदर घर पहुँचा तो किसी ने दरवाजा नहीं खोला। ऐसे में जब वे घर के पीछे वाले दरवाजे से अंदर घुसे तो वहाँ का नजारा देख दंग रह गए। प्रिया का शव कमरे में खून से लथपथ पड़ा था। उन्होंने तुरंत पुलिस को सूचना दी और जाँच टीम ने मौके से सारे सबूत जुटा लिये। इसमें हीटर का एक तार भी था, जिससे प्रिया का गला घोंटा गया था।

घटना की सूचना माता-पिता को मिली तो संतोष का नाम सामने आया। संतोष खुद एक प्रशासनिक अधिकारी का बेटा था, जो उस वक्त जम्मू-कश्मीर में तैनात थे। मामले में जाँच शुरू हुई तो रेप की पुष्टि ही नहीं हुई। सी.बी.आई. पूरे मामले को देख रही थी। तीन साल बाद, 3 दिसंबर, 1999 को जज जी.पी. थरेजा ने घटिया जाँच के लिए सी.बी.आई. की खिंचाई की और संतोष को बरी कर दिया।

घटना में सारे सबूतों के बाद संतोष का बरी होना जनता को रास नहीं आया। पूरे देश में घटना को लेकर भारी गुस्सा था। साल 2000 फरवरी में सी.बी.आई. ने फिर से मामले में हाई कोर्ट में अपील की और कुछ महीनों बाद संतोष के खिलाफ जमानती वारंट जारी कर दिया। अपील के 6 साल बाद, 17 अक्तूबर, 2006 को हाई कोर्ट ने प्रियदर्शिनी मट्टू के साथ बलात्कार और हत्या के लिए संतोष को दोषी ठहराया।

अदालत ने अपने आदेश में कहा था कि पुलिस ने प्रिया के पड़ोसी कुप्पुस्वामी का बयान ही नहीं लिया था, जबकि पड़ोसी ने घटना के दिन ही संतोष के बारे में बता दिया था। इसके अलावा, जाँच में भी पुलिस ने ढीला रवैया बरता। सजा से बचने के लिए संतोष ने सुप्रीम कोर्ट में अपील की, जिसमें सुप्रीम कोर्ट ने उच्च न्यायालय के आदेश पर स्टे दे दिया। इसके बाद 6 अक्तूबर, 2010 को सुप्रीम कोर्ट ने संतोष सिंह की सजा बरकरार रखी, लेकिन मौत की सजा को उम्रकैद में बदल दिया।

□

लेडी शेरलॉक होम्स

हमने फिल्मों में देखा है कि कोई जासूस किन अलग-अलग तरीकों से किसी केस को सुलझाने की कोशिश करता है। इसी क्रम में हम आपको देश की उस लेडी शेरलॉक होम्स के बारे में बताने जा रहे हैं, जिनका नाम रजनी पंडित है। रजनी के बारे में कहा जाता है कि वे तीन दशक के अपने कॅरियर में करीबन 80 हजार छोटे-बड़े केस सुलझा चुकी हैं। रजनी देश की पहली महिला जासूस हैं और कई पुरस्कारों से सम्मानित की जा चुकी हैं।

महाराष्ट्र के एक मध्यमवर्गीय परिवार में 1962 में जनमी रजनी पंडित के पिता सी.आई.डी. में थे। बचपन से उन्हें जासूसी उपन्यास और पिता द्वारा सुनाई जानेवाली आपराधिक कहानियों में दिलचस्पी थी। स्कूलिंग खत्म हुआ तो रजनी कॉलेज पहुँचीं। 22 साल की उम्र में उन्हें लगा कि अब समय अपने पैरों पर खड़ा होने का है। ऐसे में रजनी ने एक ऑफिस में पार्ट टाइम क्लर्क की नौकरी कर ली।

इसी दौरान उन्हें पता चला कि एक सहकर्मी महिला के पैसे लगातार गायब हो रहे हैं और उसे अपनी बहू पर चोरी का संदेह था। ऐसे में रजनी ने महिला से बात कर उसकी मदद करने की कोशिश की। जब रजनी ने पूरे मामले को देखा तो समझ आया कि चोर तो महिला का बेटा ही था, जिसने पूछताछ में अपना जुर्म कबूल कर लिया। इस तरह उन्होंने प्राइवेट जासूस के तौर पर अपना पहला केस सुलझाया था।

जब रजनी के इस केस की चर्चा मीडिया में हुई तो उनके परिजन को रजनी के काम के बारे में पता चला। उनके पिता ने उन्हें समझाया कि यह बड़ा ही जोखिम भरा काम है, लेकिन रजनी नहीं मानी। रजनी का नाम हो चुका था और लोग उन्हें अपने कामों के लिए अप्रोच करने लगे थे। इसी दौरान उन्होंने नौकरानी बनकर हत्या का एक केस सुलझाया, जिसने उन्हें देश की पहली महिला जासूस के रूप में पहचान दी।

अवैध संबंधों के चलते किए गए पिता–पुत्र के मर्डर केस में रजनी को 6 महीने तक नौकरानी बनकर काम तो करना ही पड़ा, बल्कि उन्हें अपना पैर काटकर अपनी जान भी बचानी पड़ी थी। कई मामलों को सुलझाने के बाद रजनी ने साल 1991 में मुंबई के माहिम इलाके में रजनी पंडित डिटेक्टिव सर्विसेज के नाम से एक जासूसी फर्म खोली, जिसमें तीन दर्जन से ज्यादा लोग काम करते हैं।

जब रजनी के इस केस की चर्चा मीडिया में हुई तो उनके परिजन को रजनी के काम के बारे में पता चला। उनके पिता ने उन्हें समझाया कि यह बड़ा ही जोखिम भरा काम है, लेकिन रजनी नहीं मानी। रजनी का नाम हो चुका था और लोग उन्हें अपने कामों के लिए अप्रोच करने लगे थे।

रजनी ने तीन दशकों में करीब 80 हजार छोटे-बड़े केस सुलझाए हैं। रजनी पंडित को 50 से ज्यादा अवार्डों से भी नवाजा जा चुका है। हालाँकि वे साल 2018 में विवादों में घिर गई थीं; जब उनकी एजेंसी पर कथित तौर पर अवैध रूप से कॉल डिटेल निकालने और बेचने का आरोप लगा था। इस मामले में उन्हें करीब 40 दिन जेल में बिताने पड़े थे।

□

बेरहम

चेन्नई में एक दशक तक खौफ का पर्याय रहे सीरियल किलर गौरी शंकर उर्फ ऑटो शंकर को सबसे बेरहम अपराधी कहा गया, जिसने अपने आतंक से पूरे तमिलनाडु को थर्रा दिया था। काम की तलाश में वह एक छोटे से गाँव से निकलकर चेन्नई पहुँचा था और इसी शहर में वह खूँखार अपराधी में तब्दील हो गया। हालाँकि कभी यह शख्स पेंटिंग और फिल्मों का शौकीन हुआ करता था।

साल 1955 में तमिलनाडु के वेल्लूर में जनमा गौरी शंकर जब बड़ा हुआ तो रोजगार की तलाश में चेन्नई पहुँचा। डांस, पेंटिंग, शराब और फिल्मों का शौकीन गौरी शंकर चेन्नई पहुँचकर पेरियार नगर में पेंटिंग का काम करने लगा। यह 80 का दशक था कि तभी तमिलनाडु सरकार ने शराब पर पाबंदी लगा दी। इस दौरान शराब तस्करी में मोटा मुनाफा देख शंकर तस्करी का काम करने लगा। हालाँकि कुछ दिनों बाद पाबंदी हटा ली गई, लेकिन तब तक गौरी शंकर खुद ऑटो शंकर में तब्दील हो चुका था।

गौरी शंकर अब पेंटिंग का काम छोड़कर ऑटो चलाने लगा था। 1980 के बीच के सालों में गौरी शंकर ऑटो चलाने के साथ-साथ शराब तस्करी करता और वेश्याओं को लाने-ले जाने का काम भी करता था। धीरे-धीरे ऑटो शंकर ने अपना एक गैंग बना लिया, जिसमें उसकी मदद के लिए उसका छोटा भाई मोहन, साले एल्डिन और दोस्त शिवाजी के अलावा जयवेलू,

राजारामन, रवि, पलानी और परमासिवम जैसे पाँच और साथी शामिल थे।

कुछ ही दिनों में ऑटो शंकर ने सेक्स रैकेट को मुख्य धंधा बना लिया। कहा जाता है कि उसके सारे धंधों की जानकारी पुलिस को थी, लेकिन कुछ स्थानीय नेताओं और पुलिस अधिकारियों का संरक्षण उसे प्राप्त था। पुलिस के मुताबिक, साल 1987 में उसके सेक्स रैकेट में शामिल ललिता नाम की लड़की अपने साथी सुदालाइमुथु के साथ भाग गई।

कुछ दिनों बाद शंकर ने उन दोनों को ढूँढ़ निकाला और ललिता की हत्या कर जमीन में दफना दिया, जबकि उसके साथी को जिंदा जला दिया और उसकी अस्थियों को समंदर में फेंक दिया। इसके बाद उस साल तीन और लोगों को शंकर के गैंग ने मारकर पेरियार नगर में दफना दिया। साल 1988 में हड़कंप तब मचा, जब शहर में 9 लड़कियों के गायब होने की बात सामने आई। इसमें परिजनों ने शंकर के रैकेट पर संदेह जताया था।

कुछ दिनों बाद शंकर ने उन दोनों को ढूँढ़ निकाला और ललिता की हत्या कर जमीन में दफना दिया, जबकि उसके साथी को जिंदा जला दिया और उसकी अस्थियों को समंदर में फेंक दिया। इसके बाद उस साल तीन और लोगों को शंकर के गैंग ने मारकर पेरियार नगर में दफना दिया।

इसी बीच ऑटो शंकर ने शुभलक्ष्मी नाम की लड़की को अगवा करने की कोशिश की, लेकिन वह बच निकली। उसने सीधे पुलिस स्टेशन जाकर शिकायत दर्ज करा दी। अगले दिन वह गिरफ्तार हो गया, लेकिन नेताओं के मजबूत गठजोड़ के चलते उसी दिन उसे जमानत मिल गई। लेकिन जब तमिलनाडु के सी.एम. एम.जी. रामचंद्रन की मौत के बाद सूबे में राज्यपाल शासन लगा तो गायब लड़कियों के परिजन तत्कालीन राज्यपाल के पास पहुँचे।

राज्यपाल से परिजन की मुलाकात के भारी दबाव के बीच पुलिस ने ऑटो शंकर के अहम सदस्य एल्डिन को दबोचकर सरकारी गवाह बना

लिया। फिर ऑटो शंकर को गिरफ्तार कर लिया गया और उसने भी अपने जुर्म कबूल कर लिये। इसके बाद ऑटो शंकर की निशानदेही पर लाशें निकलनी शुरू हुईं। पुलिस ने पेरियार नगर से पाँच लाशें बरामद कीं, जिन्हें शंकर ने सीमेंट की दीवारों में चुनवा दिया था।

फिर गिरफ्तार ऑटो शंकर को मद्रास सेंट्रल जेल भेज दिया गया, जहाँ से 1990 में कुछ दिनों बाद वह भाग निकला। इस मामले में कई पुलिसकर्मी मिलीभगत के चलते सस्पेंड कर दिए गए। हालाँकि बाद में उसे ओडिशा के राउरकेला से पकड़ा गया और जेल भेज दिया गया।

कुछ समय बाद कोर्ट ने खूँखार ऑटो शंकर को 6 कत्ल के मामले में साले एल्डिन और शिवाजी के साथ 31 मई, 1991 को मौत की सजा सुनाई। वहीं ऑटो शंकर के भाई मोहन और 5 अन्य आरोपी जयवेलू, राजारामन, रवि, पलानी और परमासिवम को उम्रकैद की सजा हुई। इसके बाद 27 अप्रैल, 1995 को सालेम सेंट्रल जेल में ऑटो शंकर उर्फ गौरी शंकर को फाँसी दे दी गई थी।

□

बच्चा चोर कातिल

देश के अपराध के इतिहास में कई अपराधी हुए, जिनमें महिलाओं का नाम भी दर्ज है। यह कहानी उन दो सीरियल किलर बहनों की है, जिन्होंने हैवानियत की हद पार कर दी थी। इन दोनों बहनों का नाम रेणुका शिंदे और सीमा गावित है। ये बहनें अपनी माँ के साथ मिलकर छोटे बच्चों का अपहरण करती थीं और फिर उन्हें बेरहमी से मार देती थीं।

रेणुका शिंदे और सीमा गावित ने साल 1990 से 1996 के बीच कोल्हापुर, नासिक और पुणे सहित कई अन्य शहरों से दर्जन भर से ज्यादा बच्चों का अपहरण किया। बताया जाता है कि पहले ये बहनें भीड़भाड़ वाले इलाकों और मंदिरों में चोरी करती थीं। साल 1990 में एक बार वे भीड़ के हत्थे चढ़ी भी थीं, लेकिन किसी तरह दोनों वहाँ से बच निकली थीं।

फिर कुछ सालों में दोनों बहनों ने माँ अंजनाबाई के साथ मिलकर बच्चे चोरी करने शुरू किए। बच्चों के थोड़ा बड़े होने पर वे उनसे छोटी-मोटी चोरी करवाती थीं, लेकिन पकड़े जाने के चलते उन्हें बेरहमी से मार देती थीं। कई सालों तक यह खेल चलता रहा, लेकिन 1996 में पुलिस ने दोनों को एक बच्चे के अपहरण के आरोप में नासिक से गिरफ्तार कर लिया।

पुलिस की पूछताछ में इन दोनों बहनों ने जब राज उगलने शुरू किए तो हर कोई दंग रह गया। इन महिलाओं ने बताया कि उन्होंने कई शहरों से 13 बच्चों का अपहरण किया था, जिनमें से 9 की निर्मम हत्या कर दी थी। दोनों बहनों के गिरफ्त में आने के बाद रेणुका के पति किरण शिंदे ने सरकारी गवाह

बनकर पुलिस की मदद की, जिसके बाद दोनों को जेल भेज दिया गया था।

मुंबई के अलग-अलग हिस्सों से बच्चों के अपहरण व हत्या के मामले में दोनों बहनों समेत माँ अंजनाबाई को मास्टरमाइंड बताया गया था। ये दोनों बहनें बाद में जेल भेज दी गई थीं। हालाँकि उनकी माँ अंजनाबाई का बीमारी के चलते न्यायिक प्रक्रिया के बीच में ही निधन हो गया था। साल 2001 में सत्र न्यायालय ने मुंबई के इस बाल हत्याकांड में रेणुका और सीमा को दोषी पाया था और फाँसी की सजा सुनाई गई।

इसके बाद ये दोनों बहनें सजा की अपील पर 2004 में हाई कोर्ट और 2006 में सुप्रीम कोर्ट गईं। इन दोनों ही अदालतों ने सत्र न्यायालय का आदेश व सजा को बरकरार रखा। फिर दोनों ने साल 2008 में राज्यपाल के पास मामले में दया याचिका दायर की, जिसे 2012-13 के दौरान खारिज कर दिया गया। इसके बाद साल 2014 में तत्कालीन राष्ट्रपति प्रणब मुखर्जी ने भी दया याचिका को खारिज कर उनकी फाँसी की सजा को स्वीकृत कर दिया।

इसके बाद ये दोनों बहनें सजा की अपील पर 2004 में हाई कोर्ट और 2006 में सुप्रीम कोर्ट गईं। इन दोनों ही अदालतों ने सत्र न्यायालय का आदेश व सजा को बरकरार रखा। फिर दोनों ने साल 2008 में राज्यपाल के पास मामले में दया याचिका दायर की, जिसे 2012-13 के दौरान खारिज कर दिया गया।

फिर इसी साल जनवरी 2022 में यरवदा जेल में बंद रेणुका और सीमा गावित ने बॉम्बे हाई कोर्ट में फाँसी की सजा पर देरी से अमल होने पर एक अपील दायर की, जिसमें कोर्ट से कहा गया कि उनकी फाँसी की सजा को आजीवन कारावास में तब्दील कर दिया जाए। इसी अपील पर विचार करते हुए कोर्ट ने उनकी यह माँग स्वीकार कर ली और फाँसी की सजा को मौत तक उम्रकैद में बदल दिया।

□

फर्जी डॉक्टर : 17 शादियाँ!

एक ऐसा शख्स, जो पैसे ऐंठने के लिए महिलाओं से शादी करता रहा। इसने जिन महिलाओं से शादियाँ रचाईं, वे काफी पढ़ी-लिखी हैं। अधेड़ उम्र का यह शख्स खुद को डॉक्टर बताकर अलग-अलग राज्यों में महिलाओं को प्रेमजाल में फँसाकर उनसे शादी करता और फिर पैसे ऐंठकर गायब हो जाता था। इस शख्स का नाम रमेश चंद्र स्वैन है, जिसने 38 सालों में 7 राज्यों की 17 महिलाओं से शादी रचाई। हालाँकि अब रमेश को गिरफ्तार कर लिया गया है।

रमेश मैट्रिमोनियल साइट पर खुद को डॉक्टर बताकर महिलाओं से दोस्ती करता, फिर उनसे शादी भी कर लेता था। इस तरह उसने करीब 17 महिलाओं को अपने जाल में फँसाया, जिसमें कई अच्छे पदों पर काम करनेवाली महिलाएँ भी शामिल थीं। फिर खुद को मुसीबत में फँसा बताकर उन महिलाओं से पैसे ऐंठ लेता था। उस पर कई छात्रों ने मेडिकल की सीट दिलाने के नाम पर भी ठगी करने का आरोप लगाया है।

पुलिस ने रमेश चंद्र के पास से तीन पैन कार्ड, 11 ए.टी.एम. कार्ड और एक सेलफोन बरामद किया है। फोन को फॉरेंसिक लैब में भेजने के अलावा उसके बैंक खातों की भी जाँच की जा रही है। रमेश मूलत: ओडिशा के केंद्रपाड़ा जिले का रहनेवाला है। पुलिस के मुताबिक, रमेश ने कई महिलाओं को बताया था कि वह केंद्रीय स्वास्थ्य मंत्रालय में उप-महानिदेशक के पद पर तैनात है।

पुलिस के मताबिक, इस व्यक्ति ने अपनी पत्नियों से लाखों रुपए की

ठगी की। पुलिस ने अभी तक रमेश की 9 पत्नियों को खोज निकाला है। उसकी पत्नियाँ दिल्ली, एम.पी., ओडिशा, छत्तीसगढ़, असम, झारखंड और उत्तराखंड की रहनेवाली हैं।

रमेश को जब गिरफ्तार किया गया, तब पुलिस को केवल 14 मामलों की ही जानकारी थी। जब मामला खुला तो तीन और शादी के मामले सामने आए। रमेश इन महिलाओं के साथ डॉ. बिभु प्रकाश स्वैन, डॉ. रमानी रंजन स्वैन जैसे अलग-अलग नामों से रहता था। रमेश की पहली शादी साल 1982 में हुई थी और उसके तीन बेटे हैं, जो विदेश में डॉक्टर हैं।

जब रमेश के बारे में उसके गाँव व करीबियों से बात की गई तो पता चला कि शायद वह केवल मैट्रिक पास है। हालाँकि गिरफ्तार किए जाने के बाद रमेश ने सारे आरोपों को बेबुनियाद बताते हुए कहा कि मैंने किसी भी महिला से शादी नहीं की है। पुलिस के मुताबिक रमेश ने आखिरी शादी साल 2020 में की थी।

जब रमेश के बारे में उसके गाँव व करीबियों से बात की गई तो पता चला कि शायद वह केवल मैट्रिक पास है। हालाँकि गिरफ्तार किए जाने के बाद रमेश ने सारे आरोपों को बेबुनियाद बताते हुए कहा कि मैंने किसी भी महिला से शादी नहीं की है।

रमेश की किस्मत तब धोखा दे गई, जब उसके साथ भुवनेश्वर में रह रही पत्नी को दूसरी महिला के बारे में पता चल गया। इसके बाद उसने रमेश के खिलाफ 5 जुलाई, 2021 को महिला थाने में शिकायत दर्ज करा दी।

जब उसके खिलाफ मामला दर्ज हुआ तो वह असम में दूसरी पत्नी के साथ रह रहा था, साथ ही उसे साल 2010 में हैदराबाद और 2006 में केरल में भी फर्जीवाड़ा और धोखाधड़ी के मामलों में गिरफ्तार किया जा चुका है। उसके पास से बिहार के स्कूल का प्रमाण-पत्र व कई अन्य दस्तावेज बरामद हुए हैं। □

फूलन देवी : बदले की आग

फूलन देवी एक ऐसा नाम है, जिसे उसकी मौत के 21 साल बाद भी खौफ का दूसरा नाम कहा जाता है। अपने जीवन में हुए अत्याचारों से तंग आकर फूलन ने जुर्म की राह चुनकर ऐसी अपराध-गाथा लिखी, जिसके किस्से आज भी चंबल के इलाकों में सुनाए जाते हैं।

फूलन देवी का जन्म यू.पी. के जालौन के एक छोटे से गाँव गोरहा में 10 अगस्त, 1963 को बेहद गरीब परिवार में हुआ। पिता मजदूर थे और उनके पास एक एकड़ जमीन थी, लेकिन इस जमीन के टुकड़े को लेकर अकसर उनके चाचा और पिता में झगड़ा हुआ करता था। एक बार इसी जमीन को लेकर झगड़ा हुआ और फूलन ने चचेरे भाई को पीट दिया।

फूलन के इस गुस्से की सजा परिवारवालों ने उसकी शादी 10 साल की उम्र में कराकर दे दी। फूलन 10 साल की थी तो वहीं उसके पति की उम्र 40 साल के करीब थी। फूलन ने शादी से मना किया, लेकिन उसकी एक न चली। शादी के बाद फूलन के साथ ससुराल में अत्याचार हुआ तो वह अपने घर भाग आई।

कहा जाता है कि फूलन को कुछ डाकू उठा ले गए, लेकिन फूलन की आत्मकथा में इस बात को कभी स्पष्ट नहीं किया गया। फूलन ने बताया कि वह कुछ समय बाद डाकुओं के संपर्क में आ गई थी। हालाँकि फूलन के गैंग का सरदार गुज्जर उस पर बुरी नीयत रख रहा था, जिसे मारकर डाकू विक्रम

मल्लाह ने फूलन का रास्ता साफ कर दिया। इसके बाद डाकू विक्रम और फूलन ने अलग गैंग बना लिया।

दूसरी तरफ गुज्जर की मौत से झल्लाए डाकू लाला राम ठाकुर और श्री राम ठाकुर के गैंग ने विक्रम मल्लाह को मार दिया और फूलन के साथ तीन हफ्तों तक बलात्कार किया। जब वह किसी तरह चंगुल से छूटी तो 1981 में बेहमई गाँव पहुँची और 22 सवर्ण जाति के लोगों को लाइन में खड़ा कर गोली मार दी। इस घटना ने उसे देश की सबसे खूँखार डकैत के रूप में पहचान दी।

साल 1983 में फूलन देवी ने इंदिरा गांधी की अपील पर एम.पी. पुलिस के सामने शर्तों के साथ आत्मसमर्पण किया। फूलन पर 30 डकैती, 18 अपहरण व 22 हत्या के केस दर्ज हुए और फूलन ने 11 साल जेल में गुजारे। साल 1993 में मुलायम सिंह यादव की सरकार बनी तो फूलन पर से सभी केस वापस लेने का फैसला किया गया। राजनीतिक रूप से यह बड़ा फैसला था और 1994 में फूलन जेल से छूट गई।

फूलन ने जेल से बाहर आकर उम्मेद सिंह के साथ शादी की। इसके बाद 1996 में समाजवादी पार्टी के टिकट पर चुनाव लड़ा और मिर्जापुर से सांसद बनी। फूलन 1998 के चुनावों में हारी तो 1999 के चुनावों में फिर से जीत गई। वहीं साल 2001 में फूलन की हत्या शेर सिंह राणा नाम के शख्स ने दिल्ली में उनके आवास के बाहर कर दी। पकड़े जाने के बाद शेर सिंह राणा ने बताया कि उसने बेहमई कांड का बदला पूरा कर लिया। वहीं उसे साल 2014 में आजीवन कारावास की सजा सुनाई गई।

□

मौत का बदला

मुंबई में कई महिलाएँ हुईं, जो सीधे तौर अपराध की दुनिया से जुड़ी रहीं। वहीं अशरफ खान जैसी एक महिला गैंगस्टर ऐसी रही, जिसने पति की मौत का बदला लेने के लिए इस रास्ते को चुना। साथ ही सबसे बड़ी बात यह थी कि उसने अंडरवर्ल्ड डॉन दाऊद इब्राहिम को मारने की कसम खाई थी।

दाऊद इब्राहिम की जानी दुश्मन मानी जानेवाली अशरफ खान को 'सपना दीदी' के नाम से भी जाना जाता है। मुंबई के सामान्य परिवार में जनमी अशरफ खान की शादी दाऊद इब्राहिम के लिए काम करनेवाले महमूद कालिया से हुई थी। हालाँकि शादी के कई सालों तक अशरफ ने यह जानने की कोशिश नहीं की कि उसका पति इतने पैसे लाता कहाँ से है। शायद वह शादी और आरामतलब जिंदगी में इतना रम चुकी थी कि उसे इस सवाल का जवाब ढूँढ़ने की जरूरत ही नहीं पड़ी!

अशरफ का समय शादी के पाँच साल बाद उस वक्त पलट गया, जब दुबई से वापस आते वक्त मुंबई के सांताक्रूज एयरपोर्ट के बाहर महमूद कालिया को पुलिस एनकाउंटर में एनकाउंटर स्पेशलिस्ट एमैनुअल अमोलिक ने ढेर कर दिया। यही वह समय था, जब अशरफ को अपने उस सवाल का जवाब मिला। महमूद कालिया को जाननेवाले एक शख्स उस्मान ने अशरफ को बताया कि उसकी मौत के पीछे दाऊद इब्राहिम का हाथ है।

पति की मौत के बाद अशरफ के जीवन का एक ही उद्देश्य रह गया

और वह था—दाऊद की हत्या करना। उस्मान ने अशरफ को हुसैन उस्तारा नाम के गैंगस्टर से मिलवाया। इसके बाद अशरफ ने हुसैन से हथियार चलाने व आत्मरक्षा की ट्रेनिंग ली। हुसैन की राय पर अशरफ ने दाऊद के बड़े जानी दुश्मन रहे अरुण गवली से मुलाकात की और मदद माँगी; लेकिन अरुण गवली ने कई संदेहों के चलते अशरफ की मदद करने से इनकार कर दिया।

ऐसे में हुसैन ने अशरफ से कहा कि वह अपना नाम बदल ले, ताकि कोई उसे शक की नजरों से न देखे। अशरफ का सपना ही दाऊद को मारने का था, इसलिए उसने अपना नाम सपना रखा और महमूद के साथियों द्वारा 'दीदी' कहे जाने पर अशरफ ने अपना नाम 'सपना दीदी' रख लिया।

'सपना दीदी' को हुसैन उस्तारा और उस्मान ने सलाह दी कि वह दाऊद को मारने से पहले उनके गुर्गों को खत्म करवाए और उसके धंधे पर चोट करे। ऐसे में सपना ने पुलिस की मुखबिरी शुरू कर दी और दाऊद के कई सारे गुर्गों को पकड़वाया। इसके अलावा, उसने तीन हफ्तों के भीतर ही दाऊद के जुए और तस्करी के धंधे को भी कमजोर कर दिया। इसके बाद उसे पता चला कि आनेवाले कुछ दिनों में दाऊद शारजाह में मैच देखने आ रहा है। ऐसे में 'सपना दीदी' ने उसे वहीं मारने की योजना बनाई।

हालाँकि 'सपना दीदी' के इस प्लान की भनक किसी-न-किसी माध्यम से दाऊद इब्राहिम को लग गई। माना जाता है कि दाऊद के ही कुछ गुर्गों ने घर में घुसकर अशरफ खान उर्फ 'सपना दीदी' की बेरहमी से हत्या कर दी थी।

□

माफिया एक्टर

उत्तर प्रदेश में कई माफिया हुए, जिन्होंने अपराध की दुनिया में नाम बनाया। इन्हीं माफियाओं के बीच लखनऊ में एक कुख्यात गैंगस्टर रहा, जिसने अपराध की दुनिया में खौफ कायम करने के साथ बॉलीवुड फिल्मों में भी काम किया। इस कुख्यात माफिया का नाम लल्लू यादव उर्फ पहलवान है।

लखनऊ के राजाजीपुरम् के एक किसान परिवार में जनमा लल्लू यादव किशोरावस्था में ही अपराध की दुनिया में आ गया था। साल 1983 में जब वह 16 साल का था तो उसे पुलिस ने पहली बार चाकू के साथ गिरफ्तार किया। इसके बाद वह भू-माफिया की संगत में आया और जबरन कब्जे दिलवाने लगा। इसके बाद वह दुर्दांत अपराधियों में शुमार सूरजपाल यादव का शूटर बन गया।

साल भर के अंदर ही उसका नाम सूरजपाल के विरोधी गुट के अर्जुन की हत्या में सामने आया और फिर धीरे-धीरे वह खौफ का दूसरा नाम बन गया। इसी दौरान लल्लू सरकारी ठेके भी हथियाने लगा, जिसके चलते साल 1989 में उसकी भिड़ंत माफिया और राजनेता अरुण शंकर शुक्ला उर्फ अन्ना से हो गई। जल संस्थान के एक ठेके को लेकर दोनों गुटों में बाजारखाला के बिल्लौजपुरा में भीषण गोलीबारी हुई।

जुर्म की दुनिया में नाम कमाने के साथ-साथ लल्लू यादव को पैसा भी

चाहिए था। ऐसे में उसने माफिया रमेश कालिया की सरपरस्ती में जमीन की खरीद–फरोख्त और रेलवे के ठेकों में हाथ डाला, लेकिन इस भीड़ में कई और पुराने खिलाड़ी थे। इनमें से एक नाम अजीत सिंह का भी था। अजीत सिंह के साथ भी लल्लू यादव की कई बार ठनी, लेकिन पुलिस एनकाउंटर में रमेश कालिया के ढेर होने के बाद वह शांत पड़ गया।

पुलिस रिकॉर्ड के मुताबिक, लल्लू यादव 2007 से 'एम.डी.–1 गैंग' का सरगना है। कुख्यात माफिया लल्लू पर 6 बार गैंगस्टर एक्ट तो वहीं 5 बार गुंडा एक्ट भी लग चुका है। इसके अलावा, उस पर 54 केस दर्ज हैं, जिनमें से 4 हत्या से जुड़े मामले और 7 मामले हत्या की कोशिश से जुड़े हैं।

आपराधिक इतिहास में 50 से ज्यादा केसवाले लल्लू यादव ने अपना नाम बॉलीवुड फिल्म इंडस्ट्री में भी दर्ज कराया। लल्लू ने साल 2015 में बिहार व झारखंड में रिलीज हुई फिल्म 'छबीली' से अभिनय की दुनिया में कदम रखा। इसके बाद उसने 'लखनऊ का बिट्टू' फिल्म में काम किया।

इस दौरान वह 2010 में जिला पंचायत सदस्य चुना गया तो वहीं लल्लू की पत्नी नीतू काकोरी ब्लॉक से निर्विरोध ब्लॉक प्रमुख चुनी गई। खुद लल्लू भी काकोरी से ब्लॉक प्रमुख रहा और बाद में पत्नी भी साल 2021 के पंचायत चुनावों में बी.डी.सी. का चुनाव जीती और इसी दौरान लल्लू यादव को उसके 17 साथियों के साथ गिरफ्तार भी किया गया। उसके पास से कई अवैध असलहे और नकदी बरामद हुई। लल्लू यादव की गिरफ्तारी काकोरी थाना क्षेत्र के बड़ा गाँव से हुई। जहाँ ये अपने 17 साथियों के साथ जश्न मनाते पकड़ा गया था। पुलिस ने गिरफ्तारी के दरमियान अवैध असलहे, करीब 3 लाख नकद और कई लग्जरी गाड़ियाँ भी बरामद कीं।

□

गैंगस्टर गॉडमदर

गुजरात के पोरबंदर की एक महिला गैंगस्टर, जिसने पति की मौत के बाद अपने बच्चों को बचाने के लिए जुर्म की राह को चुन लिया। इस महिला गैंगस्टर का नाम संतोकबेन जडेजा था। माना जाता था कि संतोकबेन के गिरोह में 100 से ज्यादा कुख्यात अपराधी थे, जिन पर करीब 525 केस दर्ज थे। लेकिन इस महिला गैंगस्टर की कहानी उसके पति की हत्या के बाद शुरू होती है।

80 के दशक में पोरबंदर में 'महाराजा' नाम की एक मिल थी। इसी मिल में पोरबंदर के कुतियाना गाँव के सरमन मुंजा जडेजा मजदूरी का काम करते थे। उन दिनों मिल मालिक और मजदूरों के बीच किसी बात को लेकर झगड़ा हो गया और मजदूरों ने हड़ताल कर दी। ऐसे में मिल मालिकों ने मामले को निपटाने के लिए स्थानीय बदमाश देवू वाघेर की मदद ली। मिल की हड़ताल खत्म कराने पहुँचे बदमाश देवू की हत्या कर दी गई और इस हत्या में संतोकबेन जडेजा के पति सरमन मुंजा का नाम सामने आया।

देवू वाघेर के बाद अब सरमन मुंजा इलाके का डॉन बन बैठा। कई सालों तक धाक जमाने के बाद उसने अवैध शराब का काम शुरू किया, लेकिन साल 1986 में पोरबंदर के माफिया कालिया केशव ने सरमन मुंजा की हत्या करा दी। साथ ही संतोकबेन को धमकी दी गई कि वह उनके बेटों को भी मार देगा। पति की हत्या और बच्चों को जिंदा बचाने की जिद के

बीच संतोकबेन जडेजा ने गैंग की कमान सँभाली और गिरोह के आदमियों के सहारे पति की हत्या में शामिल सभी 14 लोगों को मौत के घाट उतार दिया।

इलाके में 14 हत्याओं के बाद संतोकबेन सबसे खूँखार महिला गैंगस्टर बन गई और लोगों ने उसे 'गॉडमदर' का नाम दिया। इसके बाद संतोकबेन को मसीहा मान चुके लोगों ने उसे पोरबंदर तालुके का अध्यक्ष चुन लिया। एक महिला गैंगस्टर संतोकबेन ने यह चुनाव निर्विरोध जीता था। वहीं साल 1990 में हुए विधानसभा चुनावों में जनता दल के टिकट पर 35 हजार वोटों से चुनाव जीतकर संतोकबेन विधायक बन गई। यह वह दौर था, जब इलाके में रियल एस्टेट से लेकर ट्रांसपोर्ट तक के व्यवसाय में उसका सिक्का चलता था।

एक साक्षात्कार के दौरान गुजराती भाषा में बात करते हुए संतोकबेन ने कहा था कि उन्होंने न तो लोगों के बीच में जाकर भाषण दिया और न ही फोटो खिंचवाकर प्रचार किया, फिर भी वह विधायक बन गई। यह सब जनता की मेहरबानी है। साल 1995 में उसने दोबारा विधायकी का परचा भरा था, लेकिन कांग्रेस उम्मीदवार के समर्थन में अपना नामांकन वापस ले लिया।

एक साक्षात्कार के दौरान गुजराती भाषा में बात करते हुए संतोकबेन ने कहा था कि उन्होंने न तो लोगों के बीच में जाकर भाषण दिया और न ही फोटो खिंचवाकर प्रचार किया, फिर भी वह विधायक बन गई। यह सब जनता की मेहरबानी है। साल 1995 में उसने दोबारा विधायकी का परचा भरा था, लेकिन कांग्रेस उम्मीदवार के समर्थन में अपना नामांकन वापस ले लिया। साल 1996 तक संतोकबेन का खौफ कायम रहा, लेकिन इसी साल दर्ज हुए हत्या के मुकदमे में संतोकबेन को 16 महीने के लिए जेल भेज दिया गया।

जेल से रिहा होने के बाद वह राजकोट चली गई और 2002 में फिर से विधायकी के लिए परचा भरा, लेकिन कांग्रेस उम्मीदवार के समर्थन में फिर

से नामांकन वापस ले लिया। हालाँकि इस बार कांग्रेस प्रत्याशी चुनाव हार गया। वहीं 2005 में एक बीजेपी पार्षद की हत्या के चलते संतोकबेन को फिर से गिरफ्तार कर लिया गया। इसके बाद वह 2007 और 2008 में चर्चा में तब रही, जब उसके देवर के बेटे और बहू की हत्या कर दी गई।

संतोकबेन जडेजा पर 9 मुकदमे दर्ज थे, जबकि उसके गिरोह में 100 से ज्यादा कुख्यात अपराधियों पर 525 केस दर्ज थे। इनमें हत्या, अपहरण, हत्या की साजिश, रंगदारी, लूट जैसे कई गभीर अपराध शामिल थे। ज्यादा उम्र होने के चलते इस महिला गैंगस्टर की राजनीतिक विरासत को उनके बेटे कांधल जडेजा ने सँभाल लिया, जो एन.सी.पी. से विधायक भी है। वहीं साल 2013 में हार्ट अटैक के चलते संतोकबेन जडेजा की मौत हो गई।

□

डी-कंपनी

भारत के मोस्ट वॉन्टेड अपराधियों की लिस्ट में टॉप पर रहे दाऊद इब्राहिम का नाम अकसर हम सुनते रहते हैं। मुंबई का डॉन दाऊद इब्राहिम 1993 के मुंबई सीरियल बम धमाकों के बाद आतंक का चेहरा बनकर सामने आया। इन बम धमाकों में 250 से ज्यादा लोग मारे गए और करीब 800 लोग घायल हुए।

मुंबई में 80 से 90 के दशक में माफिया राज के बादशाह रहे इस आतंकी को भारत समेत कई विदेशी एजेंसियाँ आज भी ढूँढ़ रही हैं। कई बार रेड कॉर्नर नोटिस जारी होने के बाद भी इंटरपोल जैसी एजेंसी के हाथ आज तक खाली हैं। माना जाता है कि वह पकिस्तान में छुपा बैठा है। आखिर वह कैसे देश का मोस्ट वॉन्टेड अपराधी बन गया?

दाऊद इब्राहिम का जन्म महाराष्ट्र के रत्नागिरि जिले में 27 दिसंबर, 1955 को हुआ। दाऊद के पिता शेख इब्राहिम अली कासकर मुंबई पुलिस में हवलदार थे। स्कूल में पढ़ने के दौरान ही दाऊद ने जुर्म का रास्ता अख्तियार कर लिया। घरवालों ने सोचा कि शायद शादी के बाद जिम्मेदारी आएगी तो खुद सँभल जाएगा! ऐसे में उसकी शादी जरीना नाम की एक लड़की से करा दी गई। लेकिन उसने शादी के बाद भी चोरी, डकैती और तस्करी का धंधा नहीं छोड़ा। इसी दौरान वह एक डकैती के मामले में जेल चला गया। पिता को पता चला तो उन्होंने दाऊद को घर से निकाल दिया।

दाऊद के पास अब कोई ठिकाना नहीं रहा तो वह मुंबई के डॉन करीम

लाला के गैंग से जुड़ गया। अपराध के दाँव-पेच सीखने के बाद उसने भाई साबिर इब्राहिम के साथ अपना गैंग बना लिया, जिसे बाद में 'डी-कंपनी' के नाम से जाना गया। इस गैंग से जुड़े अपराधी ड्रग तस्करी, रंगदारी, जबरन वसूली, पैसा लेकर हत्या करने यानी 'सुपारी किलिंग' जैसे कामों को अंजाम देते थे। इस दौरान वह कई बार पुलिस के हत्थे चढ़ा और जेल भी गया।

उधर डी-कंपनी का बढ़ता प्रभाव देख करीम लाला के पठान गैंग ने मान्या सुर्वे के साथ मिलकर दाऊद के बड़े भाई की हत्या करा दी। कहा जाता है कि इसी हत्या ने मुंबई में खूनी गैंगवार को जन्म दिया। हिंसक गैंगवार के बीच कई सारे गैंगस्टर मारे गए। लेकिन जैसे ही साल 1982 में मान्या सुर्वे को देश के पहले एनकाउंटर में मार गिराया गया तो करीम लाला भी शांत पड़ गया।

करीम लाला की चुप्पी के बाद दाऊद इब्राहिम ने पूरी मुंबई में जमकर आतंक मचाया, लेकिन मुंबई पुलिस हर हालत में इस काँटे को नासूर बनने से पहले निकालना चाहती थी। लेकिन पुलिस के हत्थे चढ़ने से पहले ही साल 1988 में दाऊद दुबई भाग गया और यहीं से पूरा गिरोह चलाने लगा। पुलिस के मुताबिक, दाऊद दुबई में रहने के दौरान सट्टा बाजार, हवाला और मनी लांड्रिंग जैसे धंधों में शामिल हो गया और इसमें करोड़ों रुपए बना रहा था।

दाऊद इब्राहिम दुबई में बैठकर ही मुंबई में अपने गुर्गों के सहारे वारदातों को अंजाम दे रहा था। दाऊद ने दुबई में ही साल 1993 के मुंबई सीरियल बम धमाकों की योजना बनाई और इन्हीं बम धमाकों के बाद वह पूरी दुनिया की पुलिस व जाँच एजेंसियों के निशाने पर आ गया। धमाकों के बाद भारतीय जाँच एजेंसी व इंटरपोल की नजरों से बचने के लिए उसने पाकिस्तान में पनाह ले ली, लेकिन पाकिस्तान हमेशा उसकी मौजूदगी की खबरों को नकारता रहा है।

वहीं साल 2021 में दाऊद को कोरोना होने की खबरें मीडिया में सामने आईं, जिसमें कहा गया कि कोरोना के गंभीर संक्रमण के चलते उसकी मौत हो गई। हालाँकि आज तक उसकी मौत की कोई आधिकारिक पुष्टि नहीं हो पाई है।

□

मिर्ची की आड़

'90 के दशक में जब एक तरफ दाऊद इब्राहिम की मुंबई में धमक चलती थी, तो दूसरी तरफ कुख्यात ड्रग्स माफिया इकबाल मिर्ची भी गैर-कानूनी नशे के धंधे से साम्राज्य बनाने में जुटा था। दरअसल, इकबाल मिर्ची का पूरा नाम मेमन इकबाल मोहम्मद था। बाद में मुंबई के नल बाजार में मसाले और मिर्च पाउडर की दुकान चलानेवाला इकबाल मिर्ची एक कुख्यात ड्रग्स माफिया बन गया।

मुंबई के एक गरीब परिवार में पैदा हुए इकबाल की मिर्च-मसाले की एक दुकान थी, लेकिन उसे इस काम में मजा नहीं आया। 1960 में हाई स्कूल की पढ़ाई छोड़कर इकबाल टैक्सी चलाने लगा। इसके बाद उसने मुंबई के डॉकयार्ड में विदेशी सामानों और मादक पदार्थों की तस्करी शुरू की। यहाँ इकबाल को तस्करी के धंधे के एक और खिलाड़ी आमिर का साथ मिला। 80 के दशक में आमिर के साथ काम करते-करते इकबाल का संपर्क दाऊद गैंग से हुआ और मिर्च कारोबारी बनकर इकबाल ने ड्रग्स की तस्करी शुरू कर दी।

साल 1980 में दाऊद के गैंग में जगह बनाने के बाद वह दाऊद इब्राहिम का पसंदीदा बन गया। काम ड्रग्स की तस्करी का ही था, लेकिन सिर पर दाऊद का हाथ क्या आया, इकबाल ने करोड़ों रुपए बनाए। गैंग के साथ-साथ उसने अपने लिए भी करोड़ों की दौलत जुटाई। साल 1986 में इकबाल

मिर्ची के कथित फार्म हाउस पर रेवेन्यू इंटेलिजेंस के हत्थे 9 करोड़ की कीमत वाली ड्रग्स तो लग गई, पर ठोस सबूत न होने के कारण इकबाल बच गया।

साल 1993 के मुंबई बम धमाकों के बाद इकबाल मिर्ची देश से फरार होकर दुबई चला गया। दुबई पहुँचने के बाद उसने एक्ट्रेस हिना कौसर से शादी की, जो कि मुगल-ए-आजम के निर्देशक आसिफ की बेटी थी। बताया जाता है कि इकबाल मिर्ची दुबई में रहकर ही मुंबई में फैले पूरे नेटवर्क को देखता था।

दुबई में कुछ साल रहने के बाद कुख्यात ड्रग्स माफिया इकबाल ब्रिटेन चला गया। यहाँ रहने के दौरान, साल 1995 में हत्या के एक मामले में इकबाल के खिलाफ इंटरपोल ने रेड कॉर्नर नोटिस जारी कर दिया, जिसके बाद स्कॉटलैंड पुलिस ने उसे गिरफ्तार कर लिया। हालाँकि जब मामले में उसके खिलाफ ठोस सबूत नहीं मिले तो स्कॉटलैंड पुलिस ने साल 1999 में उसे छोड़ दिया। इस घटना के दो साल बाद 2001 में इकबाल को रेजिडेंसी परमिट मिल गया और वह यहीं बस गया।

इकबाल मिर्ची ने ब्रिटेन में बसने के बाद भारत के कई शहरों में संपत्तियाँ खरीदीं। साथ ही अपने शिपिंग के कारोबार को अफ्रीका, कनाडा, मलेशिया, लंदन, मोजांबिक, नैरोबी जैसे कई देशों में स्थापित किया। ब्रिटेन के एसेक्स के पॉश इलाके में रहनेवाले इकबाल मिर्ची की एक समय पूरी मुंबई में तूती बोलती थी, लेकिन देश से फरार होने के बाद उसकी पकड़ कम होने लगी थी। ब्रिटेन में खुद को बड़ा मसाला कारोबारी बतानेवाले इकबाल की साल 2013 में हार्ट अटैक के चलते मौत हो गई।

□

फर्जी एनकाउंटर

देहरादून में साल 2009 में पुलिस द्वारा किया गया एक एनकाउंटर सवालों में घिर गया था। इस एनकाउंटर में मारे गए रणबीर सिंह के माता-पिता ने पुलिस को बताया कि मृतक उनका बेटा था, न कि कोई अपराधी। वहीं एनकाउंटर के बाद सामने आई पोस्टमार्टम रिपोर्ट ने पुलिस की झूठी कहानी को बेनकाब कर दिया। आखिर हुआ क्या था?

तारीख थी 3 जुलाई और साल था 2009। इसी दिन देहरादून पुलिस ने एक एनकाउंटर को अंजाम दिया। इस एनकाउंटर के बारे में पुलिस ने बताया था कि 3 जुलाई को तत्कालीन राष्ट्रपति प्रतिभा पाटिल देहरादून आ रही थीं। ऐसे में इलाके में हाई अलर्ट घोषित था। शहर भर में नाकाबंदी और चेकिंग की जा रही थी।

पुलिस के मुताबिक, इसी चेकिंग के दौरान सर्कुलर रोड में मौजूद तत्कालीन आराघर चौकी इनचार्ज पी.डी. भट्ट ने एक मोटरसाइकिल पर आ रहे तीन युवकों को रोका। लेकिन इन तीनों युवकों ने चौकी इनचार्ज पर हमला कर उनकी पिस्टल छीन ली। पुलिस ने बताया कि घटना के दो घंटे बाद इस अपराध में शामिल एक युवक को लाडपुर के जंगल में मार दिया गया, जबकि दो युवक भागने में सफल हो गए। एनकाउंटर में ढेर युवक की पहचान बागपत निवासी रणबीर सिंह के रूप में की गई थी।

राष्ट्रपति के दौरे के समय एनकाउंटर होने की खबर देश भर में फैल

गई और इसको अखबारों में मुख्य रूप से जगह दी गई। ऐसे में जब रणबीर के परिजनों को यह बात पता चली तो वे देहरादून पहुँचे और पुलिस के एनकाउंटर को फर्जी बता दिया। परिजनों ने कहा कि उनका बेटा रणबीर देहरादून में एक कंपनी में इंटरव्यू के लिए आया था। इसके बाद परिजनों ने पुलिस की कार्यशैली के विरोध में धरना शुरू कर दिया तो पुलिस ने लाठीचार्ज कर दिया।

राज्य सरकार पर बढ़ रहे दबाव और पुलिसिया एक्शन पर उठते सवालों के बीच मामले की जाँच सी.बी.-सी.आई.डी. को सौंप दी गई। वहीं 5 जुलाई को सामने आई पोस्टमार्टम रिपोर्ट ने सारा राज खोल दिया। इस रिपोर्ट में बताया गया था कि मौत से पहले रणबीर को बहुत बुरी तरह से प्रताड़ित किया गया था। उसके शरीर पर 28 चोटों के अलावा करीब 22 गोलियाँ लगने की बात कही गई थी।

राज्य सरकार पर बढ़ रहे दबाव और पुलिसिया एक्शन पर उठते सवालों के बीच मामले की जाँच सी.बी.-सी.आई.डी. को सौंप दी गई। वहीं 5 जुलाई को सामने आई पोस्टमार्टम रिपोर्ट ने सारा राज खोल दिया। इस रिपोर्ट में बताया गया था कि मौत से पहले रणबीर को बहुत बुरी तरह से प्रताड़ित किया गया था। उसके शरीर पर 28 चोटों के अलावा करीब 22 गोलियाँ लगने की बात कही गई थी।

पोस्टमार्टम रिपोर्ट ने पुलिस की सारी कहानी को सिरे से खारिज कर दिया। यह एनकाउंटर का मामला इतना बढ़ा कि 31 जुलाई को जाँच के लिए सी.बी.आई. की टीम देहरादून पहुँची और जाँच शुरू की। पुलिस ने इस एनकाउंटर में 29 राउंड फायरिंग का दावा किया था, लेकिन मृत युवक का काला शरीर बहुत कुछ बयाँ कर रहा था। सी.बी.आई. की रिपोर्ट ने भी पुलिस की मनगढ़ंत कहानी की पोल खोल दी। मामला कोर्ट गया तो 9 जून, 2014 को तीस हजारी कोर्ट ने 17 पुलिसकर्मियों

को हत्या, अपहरण, आपराधिक साजिश रचने व उसे अंजाम देने और सबूत मिटाने के मामले में दोषी करार देते हुए आजीवन कारावास की सजा सुनाई और एक आरोपी को बरी कर दिया गया।

हालाँकि हत्या, अपहरण और सबूत मिटाने के मामले में बरी हुए जसपाल सिंह को आई.पी.सी. की धारा-218 के तहत गलत सरकारी रिकॉर्ड तैयार करने में दोषी करार दिया गया। वहीं बाद में जब इस मामले को दिल्ली हाई कोर्ट में चुनौती दी गई तो 4 साल तक चली सुनवाई में 17 में से 11 पुलिसकर्मियों को बरी कर दिया गया और अन्य की उम्रकैद की सजा बरकरार रखी गई। लेकिन साल 2009 में हुए इस फर्जी एनकाउंटर के बाद पुलिस की कार्यप्रणाली पर ढेरों सवाल खड़े हो गए थे।

□□□